DU MÊME AUTEUR

ROMANS

La Guerre, yes sir!
Éditions du Jour, 1968
Édition de luxe, 150 exemplaires, Art global, 1975
Éditions Stanké, Collection "Québec 10/10" n° 33 , 1981
Traduction anglaise par Sheila Fischman, Toronto, Anansi, 1970

Floralie, où es-tu?
Éditions du Jour, 1969
Éditions Stanké, Collection "Québec 10/10" n° 34 , 1981
Traduction anglaise par Sheila Fischman, Toronto, Anansi, 1971

Il est par là, le soleil
Éditions du Jour, 1970
Éditions Stanké, Collection "Québec 10/10" n° 35 , 1981
Traduction anglaise par Sheila Fischman, Toronto, Anansi, 1972

Le Deux-millième étage
Éditions du Jour, 1973
À paraître dans la collection "Québec 10/10", Éditions Stanké
Traduction anglaise par Sheila Fischman, Toronto, Anansi, 1974

Le Jardin des délices
Éditions La Presse, 1975

Il n'y a pas de pays sans grand-père
Éditions internationales Alain Stanké, 1977
Éditions Stanké, Collection "Québec 10/10" n° 16, 1979
Traduction anglaise par Sheila Fischman, Toronto, Anansi, 1981

Les Fleurs vivent-elles ailleurs que sur la terre?
Éditions internationales Alain Stanké, 1980

THÉÂTRE

La Guerre, yes sir!
Éditions du Jour, 1970

Floralie
Éditions du Jour, 1973

La Céleste bicyclette
Éditions internationales Alain Stanké, 1980

CONTES

Jolis deuils
Éditions du Jour, 1964
À paraître dans la collection "Québec 10/10", Éditions Stanké

Les Enfants du bonhomme dans la lune
Éditions internationales Alain Stanké, 1979

Les Voyageurs de l'arc-en-ciel
Éditions internationales Alain Stanké, 1980

LA DAME QUI AVAIT DES CHAÎNES AUX CHEVILLES

Le tableau de la couverture est de l'artiste peintre:
Bernard MODESTE

Maquette de la couverture: Studio ADHOC

© Éditions internationales Alain Stanké Ltée, 1981

ISBN 2-7604-0139-1

Dépôt légal: 3e trimestre 1981

81 82 83 84 85   1 2 3 4 5

Roch Carrier

LA DAME QUI AVAIT DES CHAÎNES AUX CHEVILLES

roman

Montréal-Paris

Quand le biseau eut brisé l'écrou qui serrait sur sa cheville l'anneau de fer, la chaîne tomba de son pied posé tout contre l'enclume. La Dame vit d'abord la brûlure qui encerclait sa cheville. La chaîne tombée sur les pavés n'avait plus cette plainte sonore qui l'avait si longtemps accompagnée dans la prison. Combien de temps, combien d'années y avait-elle vécu? Elle regarda son pied glisser lentement sur les pavés. Il ne tirait plus ce poids froid et sonnant. Ce pied libre était-il le sien? Il était si léger. Elle ne pouvait plus le sentir posé sur le sol. Sous son pied libéré, le sol existait à peine. Devant, le bateau dressait ses mâts qui oscillaient dans le ciel. Des hommes se hâtaient. Des caisses se balançaient aux câbles. Des filets soulevaient dans les airs des animaux qui meuglaient. Des groupes de gens s'embrassaient, d'autres sur le bateau agitaient la main. La Dame ne pouvait que regarder son pied sans la chaîne, son pied libre sous sa jupe de toile boueuse et trouée. Elle voulut marcher; elle s'affaissa. Sans entrave, ses jambes ne la portaient plus. Elle était libre, elle ne pouvait plus avancer. Elle ne se demanda pas si elle s'était écorché les mains sur les pavés. Enchaînée, elle était tant tombée qu'elle avait désappris à se faire mal. Elle avait été si longtemps enchaînée. Maintenant qu'elle était libre, elle ne pouvait s'enfuir. Pourquoi s'enfuir si elle était libre? On pourrait toujours reprendre la Dame, refermer sur ses chevilles l'anneau de fer, le river à coups de marteau sur l'enclume et la ramener en prison, au bout de ce long voyage en charrette sur une route tourmentée. Lorsque les chevaux n'étaient pas assez forts pour tirer la charrette où s'entassaient les filles, lorsqu'ils n'obéissaient plus aux coups ni aux menaces, les soldats fouettaient les filles qui alors se jetaient au sol; les soldats frappaient encore, à coups de crosse de fusils, pour qu'elles avancent, leurs pieds nus alourdis de chaînes qui s'agrippaient aux aspérités et aux cailloux. La nuit, les soldats plus avinés encore grognaient après les filles blotties dans l'herbe, levaient leurs jupes, écartaient leurs jambes puis s'endormaient étouffés de rires. La Dame était libre. Elle ne retournerait pas à la prison, elle ne ferait plus un horrible voyage où les cauchemars n'étaient pas dans le sommeil mais dans la vie, elle ne serait plus bousculée dans une cellule, jetée sur la paille pour y grelotter comme si le soleil s'était éteint. Maintenant ses pieds étaient libres, elle voulait courir jusqu'au bateau et s'embarquer. Le bateau, déjà, bougeait du mouvement de la mer. Elle ne pouvait marcher. Elle avait trop longtemps fixé des murs de pierre, immobiles comme le chagrin, elle ne pouvait pas croire qu'elle voyait le bateau et les mâts se balancer. Elle voulait sauter dans le bateau avant qu'on ne la ramène de force en prison. On ne changeait jamais la paille de son cachot. Elle avait oublié que l'on peut remplacer la paille mouillée par de la paille sèche qui crisse, et retient encore un peu de soleil et d'odeur des champs. Elle ne voulait pas retourner sur la paille humide d'où quelquefois les rats l'avaient chassée. Elle grelottait. Le bateau lui semblait, avec ses mâts ballottant, s'engager sur la mer. La Dame était incapable d'avancer sur le pavé. Elle allait retourner au cachot sur la paille si froide. Jamais elle ne monterait dans ce bateau qui l'aurait emportée dans un pays où elle n'aurait plus jamais de chaînes aux chevilles, ni, sous elle, de paille pourrie. Ses jambes ne la portaient plus. On la retournerait en prison. Elle ne pouvait plus que ramper. Sur ses côtes, un coup de crosse. Un choc familier. Elle ne sursauta pas. Ces coups étaient habituels. Elle n'atteindrait jamais le bateau en partance. Un chagrin secoua le corps de la Dame comme si l'enfant qu'elle avait été frémissait tout à coup dans son corps de femme. Un nouveau coup de crosse. Cette fois, ce fut douloureux. On la soulevait pour l'enchaîner à nouveau et la pousser dans la charrette qui la ramènerait au cachot où jamais le soleil ne pénétrait d'un rayon. Elle avait froid comme si la porte de son cachot se fût soudain ouverte devant elle. Des mains la poussaient. Une voix disait quelque chose derrière son épaule. Cette voix ne hurlait pas, ne rugissait pas. La Dame n'entendait pas.

— Pauvre enfant du malheur...

Des mains la poussaient. Elle allait retomber dans sa cellule. La pierre ne cessait de pleurer des larmes glacées qui détrempaient la paille de sa litière gluante. Les rats venaient y fouiner. Parfois ils mordillaient ses jambes, quelquefois son visage. Ils avaient aussi rongé sa jupe. Cette paille pourrie, elle ne s'y était jamais habituée comme elle s'était faite aux coups, aux cris et à la faim. Dans les premiers jours, la faim la torturait; maintenant, elle n'effleurait plus son corps. Ses brûlures s'étaient éteintes. Elle ne désirait même plus manger. Lorsqu'on apportait son écuelle, la grosse porte de bois ferrée claquait contre la muraille. Ce bruit lui rappelait toujours le tonnerre des orages de son enfance. Alors, elle lapait la soupe comme un chien. Encore des bourrades, encore ces mains qui la poussaient. Lui avait-on remis ses chaînes aux chevilles? Avait-on refermé les anneaux de fer? On la ramenait en prison. Le bateau et les mâts qui balançaient, les vergues et les cordages qui s'élevaient dans le ciel n'avaient-ils été qu'un rêve? Cette voix qu'elle avait cru entendre, qui n'avait pas hurlé, qui n'avait pas craché des insultes, cette voix, la Dame ne l'avait pas entendue:

— Pauvre enfant du malheur, elle doit avoir si froid!

Certainement, son rêve la trompait. La vie au-delà de ce cachot, qui ne pouvait pas ressembler à sa vie croupie dans la paille pourrissante, lui inspirait toute sorte d'errances.

Ses pensées n'étaient pas attachées à son corps, elles n'étaient pas rivées à la paille, elles n'étaient pas retenues par la chaîne, elles n'étaient pas enfermées derrière les pierres cimentées dont les joints résistaient aux ongles, au vieux clou ramassé plus précieux qu'une bourse remplie d'or; ses pensées savaient franchir cette porte renforcée de ferrements entrecroisés; ses pensées pouvaient fuir cette odeur où le temps pourrissait comme un fruit oublié. Souvent la Dame accompagnait ses pensées et passait à travers les murs de pierres cimentées, et sans doute avait-elle suivi sa rêverie jusqu'au bateau qui respirait au grand air de la mer. Elle avait cru qu'il l'emmènerait de l'autre côté de la mer et qu'elle ne reverrait jamais la nuit éternelle de ce cachot où le temps et la vie pourrissaient! Elle avait cru qu'elle avancerait dans les grands vents qui sauraient effacer ces jours et ces nuits collés à sa peau comme la pelure gâtée d'un fruit. Elle avait cru qu'une étincelante lumière aussi vive que la mer donnerait à son coeur le désir de s'emporter et à ses pensées la légèreté de l'oiseau qui plane sans jamais se heurter à une voûte de pierres suintantes. Elle avait cru qu'elle pourrait voguer avec sa pensée, libre comme le rêve... Mais ces mains sur elle et ces coups dans son dos... Pourtant, cette voix qu'elle avait entendue parlait et ne hurlait pas. Elle ne pouvait pas ne pas être humaine. Était-elle aussi fausse que l'image des mâts et des cordages? La voix disait:

— Pauvre enfant, elle doit avoir si froid... Jetez-lui un manteau sur les épaules.

Elle n'avait plus froid, elle avait appris à n'avoir plus froid. Elle n'était que malheureuse. Ce manteau sur elle devait être l'invention de sa pensée pour échapper à la paille humide du cachot. Pourtant son corps avait chaud; il était recouvert d'un souffle tiède comme la laine. Elle avait oublié la laine, mais elle avait chaud comme si son corps en était enveloppé. Ce manteau, s'il n'avait pas été un rêve, aurait été de laine. La lumière était claire à brûler les yeux, mais elle ne pouvait croire à cette lumière après tant de jours sans espoir. Étaient-ce les mâts qui oscillaient ou était-ce son corps? Elle savait qu'on la repoussait vers son cachot même si, sous le grand manteau de laine, ses pieds sans chaînes avançaient sur la passerelle; les mains ne poussaient plus dans son dos, les fusils ne lui martelaient plus les côtes. Délivrée, elle marchait, son corps enveloppé d'une chaleur qui ressemblait à un bon sommeil.

— Par ici, ma petite dame! Venez.

Cette nouvelle voix n'avait pas hurlé. Elle ne l'avait pas injuriée. Deux mains se tendaient vers elle. Ces mains ne voulaient pas la frapper.

— N'ayez pas peur, ma petite dame, le bateau est assez fort pour vous porter. Même moi, qui suis pas un bateau, je pourrais vous porter dans mes bras, disait le soldat qui n'était pas enflammé d'alcool.

Cette voix riait maintenant. Elle se retourna, regarda le ciel, le port, les maisons entassées, les caisses, les ballots accumulés, les animaux parqués, des gens qui se hâtaient, s'agitaient, s'appelaient, se faisaient des signes. Elle savait qu'elle rêvait, qu'elle allait bientôt s'éveiller, qu'elle retrouverait la paille humide et le cachot dont la voûte semblait chaque jour s'affaisser. Un jour, elle l'écraserait. Elle rêvait. Si elle avait ouvert les yeux, elle aurait aperçu la charrette, les filles enchaînées, les soldats. Où était-elle? Elle s'était égarée, sans chaînes, dans un rêve. Déjà son corps devenait trop lourd pour ses jambes. Le rêve était trop grand pour ses yeux. Elle vacilla. Avant qu'elle ne s'écrase sur le pont du bateau, le soldat accueillit dans ses bras cette Dame au manteau de riche, mais au visage de pauvre. La beauté se cachait sous la douleur.

— Soyez pas malade tout de suite, ma petite dame, attendez qu'on soit en mer!

Elle avait entendu. Les grands mâts et les multiples cordages n'étaient pas un rêve. Elle quitta son pays, elle quitta son cachot.

* * * * *

11

Virginie, je te vois encore, les yeux perdus dans une histoire que tu me racontes pas. Virginie, ah! tu songes et tu songes comme si la vie était une songerie. Tu vas te perdre dans tes songeries, Virginie. Tu vas t'égarer, et tu nous retrouveras plus. Déjà, t'es plus avec nous. Est-ce que c'est l'hiver qui te rend malade? Quand on regarde autour de la cabane, la neige ressemble à une grande mer agitée, mais on n'est pas à la dérive, Virginie. On a une cabane autour de nous qui repousse le vent. On a du feu dans la cabane, on a des lièvres à manger, j'ai un fusil; il faut pas avoir peur, Virginie, même si le vent se plaint comme une âme morte. Le printemps va revenir, Virginie, et tu souffriras plus de ce froid qui brûle les pieds et les doigts. Le printemps est tout près, Virginie, il est caché déjà dans certains arbres: au bout des branches gelées, j'ai vu des bourgeons, Virginie. Mars s'achève. C'est bientôt avril. Le printemps va chasser la neige, Virginie. L'hiver, on va l'oublier comme quelque chose qui a peut-être pas existé. Tu vas voir comme la terre est belle par icitte. Y a beaucoup de cailloux, mais toé et moé, on va les ramasser et il nous restera de la belle terre fine. Et je vais ensemencer. On va avoir notre première récolte, le premier blé, Virginie, et on va avoir nos premiers légumes; il faut pas être triste, Virginie. Je vas continuer d'abattre les arbres: notre domaine va s'agrandir. Je vas ajouter un appentis à notre cabane: je veux avoir un boeuf. Virginie, tu pourras cueillir des fleurs sauvages et les transplanter devant la

12

cabane. Déjà on aura l'air d'habiter une maison de bourgeois: des fleurs autour de la cabane, des légumes dans le potager, des champs derrière la maison. Nous serons des bourgeois, Virginie, dès cet été. Laisse pas l'hiver geler ton coeur. La vie va redevenir belle, Virginie. Pour ressusciter au matin de Pâques, le Christ a dû mourir sur la croix; pour voir fleurir le printemps, il faut passer à travers l'hiver. Avec le printemps, tout va recommencer. Notre vie a été difficile, Virginie, mais on s'en va vers un printemps beau comme on n'en a jamais connu. Virginie, on possède une terre. Cette terre nous appartient, à toé et à moé... Tu es mon âme, Virginie, et moé je sus ton corps. Tu comprends que l'âme doit pas fuir le corps. Au printemps, Virginie, ta tristesse va fondre comme de la glace. Il faut pas t'égarer dans les rêves et te perdre avant le printemps. L'âme doit vivre avec le corps; Virginie, tu es mon âme. Pense au vrai printemps. Perds-toé pas dans tes pensées, Virginie; je sais qu'elles sont plus froides et plus profondes que la neige. Tu sais qu'on peut s'égarer dans la neige. Je le sais itou, Virginie...

Virginie sait comment tuer cet homme. Cet homme, elle le tuera. Il a donné la mort. Elle lui donnera la mort. Les hommes et les femmes portent tous aux chevilles les chaînes de la vie et de la mort. Elle ira en prison, enchaînée comme la Dame, mais elle tuera cet homme. Elle ne lui parle plus, elle ne le regarde plus, elle ne l'entend plus. Déjà il est mort. Après le printemps, cet été, elle le tuera. Lorsque l'homme n'est pas à la chasse, le fusil reste appuyé dans l'encoignure près de la porte. Elle n'a jamais touché à ce fusil même si cet homme est justement condamné à mort. Une femme ne doit pas tuer un homme d'un coup de fusil.

— Le silence, Virginie, c'est la mort. L'hiver n'a pas de voix: l'hiver est le silence, l'hiver est la mort. Virginie, tu connais rien que le silence depuis des jours et des jours. Depuis qu'on est entrés dans cette cabane, tu es devenue silencieuse comme la glace. Mais si je regarde dans tes yeux,

13

Virginie, je vois passer des ombres ben tristes. La mort rôde quand y a trop de silence. Est-ce qu'il y aurait de la mort autour de toé, Virginie? Toé et moé, on l'a vue la mort. Mais il faut pas s'accrocher à la mort, la retenir, l'empêcher de passer son chemin. Virginie, retiens-la pas dans ta tête, laisse-la passer. Elle nous a enveloppés dans une poudrerie noire, Virginie. Maintenant, le vent s'est apaisé. Il faut pas le garder dans tes pensées. On recommencera la vie au point où la mort nous a frappés. On peut recommencer avec le printemps qui viendra betôt. Le printemps est une grande mise au monde, Virginie; le coeur de la vie recommence à battre. C'est la vie qu'il faut choisir. Le silence, c'est pas la vie. Un nid, dans un arbre, où y a du silence, c'est pas un nid où y a de la vie. Si y a du silence dans la rivière, c'est qu'elle est figée dans la glace. Virginie, laisse pas ton coeur dans la glace. Si tu voulais, tu pourrais trouver le printemps dès maintenant, aujourd'hui, dans notre cabane, sous notre toit qui a le dos rond en-dessous de la neige. Virginie, dis-moé une parole, une seule, un mot, et je t'assure que la vie va recommencer; dis un seul mot, et cette tristesse va fondre comme la neige en avril.

Cet homme ne cesse de parler, mais elle se taira. Elle ne lui parlera que pour lui donner la mort. Elle sait ne pas parler à un homme. Elle sait comment tuer un homme. Elle ne touchera pas au fusil. Si elle le pouvait, elle interdirait à cet homme d'entendre son souffle. Il est indigne d'avoir près de lui une femme qui respire. Cet homme doit être châtié. Il doit être puni de silence et de mort. Elle attendra la venue de l'été, avec la patience de la mort qui, parfois, ronge longuement sa victime. Elle pourrait ne pas tuer, seulement partir, jeter quelques vêtements dans un sac, quelques pains, un morceau de viande gelée et quitter cette cabane et marcher, marcher, retourner d'où elle est venue, ou bien s'enfuir ailleurs, et alors cet homme ne serait plus que souvenirs de neige et de vents en tourbillons. Mais ces souvenirs ne sont pas oubliables; marqués trop profondé-

14

ment dans sa chair, ces souvenirs ont laissé une gelure que rien, jamais, aucun oubli, ne pourra réchauffer. Alors elle est condamnée à vivre dans la même cabane que cet homme, à se chauffer les mains au même poêle, à accrocher ses vêtements au même mur; elle est forcée de dormir près de lui dans le même lit, sur les mêmes branches d'épinettes; elle est obligée de manger chaque jour la viande que cet homme va chasser; elle ne peut fuir cet homme comme on s'éveille d'un cauchemar. Elle restera avec lui et le tuera. Elle se tait. Cet homme est un inconnu désormais: il a fait ce qu'aucun homme connu d'elle n'aurait su faire. Elle sait comment tuer un homme, cet homme mourra. Il parle et parle comme s'il allait vivre des siècles. Il remplit la cabane de paroles, comme si les paroles avaient une certaine importance quand on va mourir. Estime-t-il que ses paroles vont empêcher la mort d'entrer dans la cabane? Dieu seul connaît l'heure et l'endroit où une créature humaine va s'endormir à jamais dans la mort. Avec Dieu, elle partage ce secret. Elle n'écoute pas cet homme qui parle, mais elle connaît la saison où cet homme aura le ventre trop petit pour la douleur qui le brûlera. Cet homme parle comme s'il allait vivre à jamais. Au bout de leur longue marche, dans cette forêt qui ressemble à des morceaux de nuit échoués dans le jour, cet homme s'imagine qu'elle se tait parce qu'elle s'abandonne à la tristesse; il croit qu'elle a décidé de laisser monter lentement la mort en elle. Cet homme lui parle comme s'il était assuré d'être éternel:

— Virginie, tu sais, moé je te vois, je te vois tous les jours, je te vois plusieurs fois par jour, et je te dis que moé, quand je reviens de la chasse et que j'ai vu mourir des bêtes, je te regarde ensuite, en rentrant dans la cabane, et je trouve que, dans tes yeux, y a quelque chose comme la tristesse que j'ai remarquée dans les yeux des bêtes que j'ai tuées. Virginie, à voir la tristesse dans tes yeux, moé je me demande si tu es pas une petite bête en train de se laisser descendre dans la mort. Moé, si je savais que tu descends

15

dans un puits très profond d'où tu pourras pas revenir, je te laisserais pas descendre seule, Virginie, je descendrais avec toé, et j'essaierais de m'attacher ben solidement après quelque chose, afin de pouvoir t'aider à remonter. Tout ce silence, Virginie, te met beaucoup de tristesse dans le visage, et cette tristesse te fait ressembler à une vieille femme fatiguée au bout de sa vie. Virginie, tu es tombée dans le puits de la tristesse; alors moi, je descends avec toé, mais je suis pas triste, moé, je suis bien attaché en haut, moé, je te parle pour te dire que tu dois pas descendre trop loin. Je voudrais que tu remontes avec moé à la surface, dans la vie, Virginie. Nous avons eu un grand malheur, mais tu dois pas tous les jours descendre plus loin dans le malheur. Il faut s'attacher à la vie. Moé, je suis attaché à notre cabane. Virginie, on bâtira une maison, un jour, quand la glace viendra pas se coller sur les murs intérieurs. Je suis attaché à ces épinettes hautes comme dix hommes que je vas abattre; je suis attaché à ces souches que toé et moé, Virginie, on va arracher avec un boeuf que j'achèterai en vendant du bois; je suis attaché à cette terre que nous allons arracher à la forêt. Virginie, je descends dans ton puits de silence et je te tends la main pour t'aider à remonter. Accroche-toé à moé, car je suis solidement attaché à la vie. On a eu un grand malheur, Virginie, on peut pas l'effacer: il a marqué nos âmes avec un fer rouge comme on marque les bêtes. Seulement, la douleur dure chez les bêtes le temps que le feu écrit dans la chair, tandis que pour toé et moé, Virginie, le malheur est là toujours comme si on avait avalé un morceau de fer rouge éternel. Tu vois, je te comprends, mais il faut pas te tuer de tristesse, Virginie. Il faut pas te noyer dans le silence. Il faut crier dans ce grand hiver blanc qu'on est icitte, vivants. Il faut crier aux arbres qu'on est venus icitte pour les abattre. Il faut crier à la terre transie qu'on est venus l'ensemencer. Il faut crier aux bêtes qu'on est venus icitte pour les chasser et nous nourrir de la chair de leurs petits. On a connu un grand malheur, Virginie, mais on peut continuer notre vie. Se taire, Virginie, c'est pas vouloir vivre.

Elle ne l'écoute pas. Elle ne le regarde pas. Elle ne le voit pas. Elle ne l'entend pas. Mais il parle. Jamais il n'a autant parlé. Ce désir de parler, il ne l'a jamais connu. Il a toujours été homme de travail plutôt qu'homme du parler. Les nuits seraient-elles trop immenses autour d'un homme et d'une femme seuls?

* * * * *

La cabane n'a pas de fenêtre. Un carreau a été découpé dans le mur de rondins; pour l'hiver, il a été refermé avec des planches calfeutrées de mousse et recouvertes de toile. C'est toujours la nuit dans la cabane. Le poêle éparpille sur les murs de doux éclairs de feu, mais si Virginie veut voir, elle allume une chandelle de suif. La flamme scintille, gourmande et dévoreuse. Lorsque Virginie l'éteint, la nuit revient. Ont-ils apporté une provision suffisante de chandelles? En ont-ils perdu pendant le voyage? Ont-ils égaré le moule? Chaque fois qu'il leur manque quelque chose, ils croient l'avoir perdu durant le voyage, quelque part dans la neige. Cet homme, pour délester le traîneau, a jeté des bagages. Son homme et elle avaient prévu tout ce qui serait utile. Pourtant, beaucoup de choses manquent. Il a dû jeter à la forêt des sacs et des sacs. Auront-ils des chandelles de suif durant tout l'hiver? Le gibier est si maigre en cette saison. Mars s'achève et parfois le soleil d'avril triomphe dans le ciel; Virginie ouvre la porte sur les arbres encore emmitouflés de neige. Elle regarde le soleil allumer un carré de lumière sur le sol; elle s'y chauffe les pieds toujours transis. La terre battue du plancher est de glace. Ni les chaussons de cuir par-dessus les chaussons de laine, ni la mousse séchée tassée dans les bottes ne protègent ses pieds. À peine Virginie sort-elle de la cabane. Ses pieds souffrent comme si elle avait marché nu-pieds tout le jour, dans la neige. La Dame qui avait des chaînes aux chevilles devait aussi avoir froid. Le poêle est rempli de bois, la flamme s'avive à faire craquer l'acier; Virginie se déchausse, pour s'assurer que ses pieds ne sont pas ensanglantés. Elle sent une morsure aux chevilles, comme si elle avait des chaînes. Elle ouvre la porte. Le printemps darde ses premiers rayons. Elle se réchauffe dans le carré de lumière sur la terre battue. Elle ferme les yeux, tant la lumière éblouit. Tout à coup, elle se rappelle la voix de cet homme qui lui interdit de laisser la porte ouverte pendant que le bois brûle dans le poêle:

— Il faut que moé, j'aille de plus en plus loin, dans la neige, Virginie, sous les grands arbres, trouver du bois mort qui voudra accepter de nous donner du feu. Si le bois veut pas nous donner du feu, on mourra de froid, Virginie, toé et moé, au milieu de toute cette neige et de tous ces arbres. On sera forcés, pour nous réchauffer, de brûler la cabane tronc par tronc. L'été semble pas vouloir encore se montrer le bout du nez. Icitte, le bois est plus riche que de l'or. Le feu dans le poêle, c'est notre soleil dans notre cabane; mais c'est un soleil fragile. Il faut pas dilapider le feu; alors, Virginie, laisse pas la porte de la cabane ouverte en plein hiver, lorsqu'il y a du bois allumé dans le poêle.

Le bois et le feu dureront jusqu'au moment venu de la mort de cet homme. Virginie, soumise aux recommandations insistantes, pousse la porte. La nuit est revenue dans la cabane; il y fait noir comme il devait faire noir dans le cachot de cette Dame d'une très ancienne histoire à laquelle elle a si souvent pensé ces derniers jours. Elle tremble comme jadis, dans son enfance, elle tremblait en l'écoutant.

* * * * *

Sur le pont du bateau, la Dame n'avait plus froid. Elle serrait contre son corps les pans du manteau que l'on avait jeté sur ses épaules. Il était orné d'une précieuse passementerie. La Dame dut sentir la chaleur à laquelle Virginie tend ses pieds nus. Ce nouveau soleil fondit le givre entre chair et os qui s'était formé durant le voyage en charrette, sous le ciel lourd de nuages qui noyaient le soleil et sous les vents qui descendaient des valleuses pour se perdre en mer. Pendant ces nuits sans lune où le ciel et la terre semblaient avoir disparu, les soldats se rendaient maîtres du corps des filles enchaînées, ricanant, blasphémant et grognant comme des cochons. Les filles pleuraient, sans cris, sans soupirs, sans larmes, d'une froide et sèche tristesse qui s'enroulait autour de leur coeur dans une douleur transie où elles ne pouvaient plus rien aimer, ni haïr. Elle avait dû frissonner, la Dame au grand manteau de riche, quand, sur le bateau, à l'embarquement, un soldat, semblable, par son costume et son visage, à ces soldats qui entouraient la charrette remplie des filles enchaînées, tendit ses bras vers elle: son coeur avait dû bondir, le courant de son sang avait dû frémir; elle ne pouvait reculer. Elle devait se laisser tomber dans le bateau dont les mâts se balançaient dans le ciel. C'était la liberté, c'était une autre vie. La Dame était comme un enfant qui allait naître, sur la passerelle de ce bateau. Le cachot était une mère douloureuse qui maintenant allait accoucher d'un enfant libre. Poussant son premier cri dans cette nouvelle vie, elle fut précipitée dans les bras du soldat dont l'odeur lui rappela celui d'un baril de poisson salé au marché. Les grosses mains la saisirent, mais sans l'écraser, pour la déposer doucement sur le pont du bateau. Le soldat n'avait dit aucune parole vulgaire et il n'avait pas ri comme rugit une bête qui a faim. Elle se tenait debout sur le bateau qui l'emmènerait sur l'autre rive. Sa vie serait effacée par les vagues. Là-bas, elle allait recommencer. Elle sentait, sous le bateau, la respiration de la mer. Ses pieds étaient délivrés. Le bateau tanguait. Tant de gens se hâtaient avec leurs fardeaux. Elle avait été seule si longtemps. Le ciel était tellement immense. Des ballots tournoyaient au bout des câbles. Ce pays inconnu vers lequel on l'emmenait, et qui était si loin, lui donnait le vertige. Elle se tenait debout et n'osait marcher, comme si cela lui eût encore été interdit. Elle se sentait ivre. Elle savait ce qu'était l'ivresse. Il y avait si longtemps, on l'avait obligée à boire. Plus elle buvait, plus les hommes autour d'elle étaient ivres. Oh, les vagues de la mer pourraient-elles jamais effacer cette auberge où, sans chaînes, elle avait été plus prisonnière qu'en son cachot? La Dame n'oublierait ni l'auberge, ni son cachot. Jamais. Même si le nouveau pays était si loin que le passé pouvait y être dissous, même si le très long voyage en mer allait purifier sa mémoire, elle n'oublierait ni le cachot, ni l'auberge où les hommes ressemblaient tous aux soldats autour de la charrette; elle n'oublierait pas non plus qu'ivre, elle avait senti le plancher de l'auberge trembler sous ses pieds lorsque le maître avait aspiré la soupe dans laquelle elle avait versé le poison. Elle savait comment tuer un homme. Elle était si jeune, elle n'était qu'une enfant. Peut-on n'être encore qu'un enfant lorsque l'on sait comment tuer un homme? Le maître de l'auberge était mort. Elle l'avait tué. Elle avait voulu le tuer. Elle avait acheté et payé le secret qui tue un homme. Elle avait regardé le maître de l'auberge se tordre de douleurs; elle avait vu ses doigts désespérés essayer de déchirer son ventre pour en arracher ses entrailles enflammées par le poison. Elle avait assisté à l'agonie sans vertige et sans regret. La mer n'effacerait pas ce souvenir. Le nouveau pays ne saurait abolir ce soir étrange où elle avait connu un plaisir immortel. Pieds nus sur le plancher poncé par l'eau salée, elle n'osait avancer. Depuis tant d'années, elle n'avait marché que bousculée ou fouettée. Alors, dans son grand manteau de femme riche, sur le bateau de sa nouvelle vie, elle attendait qu'on la rudoie. Le soldat l'examinait. Elle semblait épuisée. Le soldat s'étonnait que les grandes dames puissent être aussi fatiguées. Elle avait le visage froissé de quelqu'un qui n'a pas dormi depuis longtemps. Bien que vêtue d'un riche manteau, la dame n'avait pas de chaussures. Le soldat ne se l'expliquait pas. Cette grande dame aux pieds nus était arrivée au bateau parmi les filles enchaînées. Ou bien elle était une de ces filles et elle avait volé le manteau, ou bien elle était une dame riche qui avait commis un si grand crime qu'elle n'avait pu être sauvée de la prison. Le soldat l'examina encore. Ses pieds n'étaient pas des pieds menus habitués à de précieux souliers. Elle n'était donc pas la grande dame sur laquelle un soldat ne lève les yeux que sur l'ordre de son capitaine. Ses cheveux n'étaient pas non plus poudrés ou décorés de bijoux. Ils étaient ceux d'une pauvre fille qui a erré sous une interminable pluie. Le manteau n'était pas froissé. La Dame ne bougeait pas. Le soldat scrutait le mystère de cette Dame aux pieds nus. Tout à coup, il lui parla. Il lui parla sans insultes, il lui parla sans mépris, il ne lui ordonna rien. Il lui parla comme à une femme et non comme à une bête qui ne doit pas désobéir:

— Je pars vers le Nouveau Monde. On va me donner une terre dans le Nouveau Monde. Ceux qui crèvent de faim icitte, ils vivent comme des seigneurs dans le Nouveau Monde. Mademoiselle, je veux pas marcher au pas toute ma vie. Quand je vais être vieux, boiteux, est-ce que je pourrai marcher au pas? Je m'en vais vivre comme un seigneur dans le Nouveau Monde. Si vous n'êtes pas, sauf votre respect, une dame trop fortunée, et si le bateau réussit à traverser la mer sans se faire déchiqueter par les tempêtes, je vous offre, mademoiselle, d'être votre homme pour vous protéger. Je vous offre de venir habiter avec moi sur la terre qu'on va me donner dans le Nouveau Monde et je pense bien que j'aimerais remplir ma terre d'enfants que je ferais avec vous, mademoiselle, si vous êtes pas une dame trop bien née et fortunée. C'est pourquoi, si le bateau réussit à toucher le Nouveau Monde et si vous et moi nous sommes en vie de l'autre côté de la mer, j'aimerais vous annoncer que j'ai bien l'intention, mademoiselle, de vous demander votre main catholiquement, en arrivant dans le Nouveau Monde.

* * * * *

Moé, je dis que tu te racontes une histoire que je voudrais ben connaître. À quoi est-ce que tu songes, Virginie, comme ça, dans la cabane, loin du soleil? Le poêle éteint, la porte fermée, à quoi est-ce que tu penses, raccotillée, le menton sur les genoux, comme un bébé qui est pas encore venu au monde? Virginie, tu es triste comme si c'était l'automne, mais c'est betôt le printemps. J'ai trouvé une rivière par en-haut; dès que la glace va être fondue, je vais te rapporter des truites grosses comme des lapins, Virginie, et puis, dans quelques mois, on aura des légumes, des carottes, des patates, qu'on aura semés dans notre terre. C'est à ça qu'il faut penser. Vois le chemin qui est devant nous, Virginie, et pas celui qui est derrière. Il fait froid dans la cabane. Tu songes depuis longtemps parce que le feu est éteint depuis longtemps; le poêle est froid. Il faut songer beaucoup, Virginie, pour oublier d'attiser le feu. Je vas le rallumer. Et je vas rouvrir la porte de la cabane pour faire entrer de la lumière. Oublie la route derrière nous. On a eu du malheur, mais sur la route devant nous, on pourrait rencontrer du bonheur. Ce qu'on a perdu, on pourrait peut-être, si tu voulais… Le passé, Virginie, c'est ce qui n'existe plus. Vivre dans le passé, c'est pas vivre: c'est être mort ou c'est vouloir peut-être mourir… Virginie, toé et moé, on est nés pour vivre. Toé et moé, on va, icitte, dans notre cabane, regarder par la porte ouverte le printemps qui s'en vient. C'est ça, l'avenir: les arbres abattus, la terre essouchée, labourée, ensemen-

24

cée; chaque année plus d'arbres abattus, plus de terre essouchée, plus de terre à labourer, et je vois des enfants, des
garçons et des filles, qui courent pendant que je travaille et
que tu travailles avec moé, et des animaux qui meuglent et
qui bêlent, et Virginie, toé et moé, on est fatigués et en
sueurs, mais on est heureux parce qu'on a oublié le passé.
On s'est, toé et moé, échappés du malheur. Il faut oublier
les neiges de l'hiver, il faut oublier les tempêtes et se laisser
toucher par le printemps. Ce sera betôt l'été, l'été, Virginie!

Elle lève les yeux, non pas vers cet homme qui parle et
parle comme s'il était certain de vivre un siècle et qui parle
de l'avenir comme s'il n'allait pas mourir et qui parle de l'été
qui viendra comme si cette saison n'allait pas être son
tombeau, mais plutôt vers la lumière qui scintille sur les
branches des épinettes noires et sur la neige blanche. Elle
ne pourra sortir tête haute et sans remords dans cette lumière avant d'avoir accompli ce qu'elle doit. Elle ne pourra
marcher tête haute dans la lumière de l'été que lorsque cet
homme sera lui, sous terre, pris par le froid sans printemps
de la mort. Il a jeté sur la table une gerbe de lièvres qu'il a
pris au piège: tous les jours, il rapporte du gibier. Ils ont
assez de viande accumulée pour un hiver qui durerait
jusqu'à juillet. Maintenant que s'approche le printemps, cet
homme semble grandir, ses épaules deviennent plus larges
et il a encore plus de fougue pour s'attaquer aux arbres. À
combattre les épinettes géantes, il semble en acquérir la
force. Dans l'embrasure de la porte, il semble chaque fois
un peu plus grand; il doit chaque fois se courber un peu
plus pour entrer; chaque fois, sa tête est plus près du toit.
Depuis qu'ils sont au milieu de cette forêt, entre l'hiver et le
printemps, cet homme grandit comme si tout ce à quoi il
rêve lui donnait de la puissance. Il a oublié le malheur, il ne
pense qu'à l'été. La terre à conquérir, les arbres à jeter bas,
les pierres à arracher, les moissons: ses rêves, une sève
magique, le changent en un grand arbre qui ne doute de
rien dans ses branches tranquilles. Cet homme, qui ressem-

ble à un arbre trop fort, Virginie l'abattra. Torturée par le malheur, elle s'amenuise chaque jour, se recroqueville dans sa tristesse, mais elle recommencera à grandir quand cet homme sera allongé sur la terre pour ne plus se relever. Elle n'est qu'une petite femme qui attend. À cet homme si fort, les arbres doivent laisser le passage. Pourtant, elle l'a vu si détruit, une nuit de tempête, si petit, si écrasé. Cet homme a oublié le malheur: il chasse, il tue des bêtes et les dépiaute jusqu'à ce qu'elles ressemblent à des enfants nus. Il ne pense plus à ce grand soir de neige noire comme la mort; il ne voit dans son rêve que le printemps et l'été. Quand il revient à la cabane, courbé sous le gibier qu'il accumule comme s'il était responsable d'une famille nombreuse remplissant de cris la forêt et recouvrant la plainte du malheur dans le vent, cet homme méprise la tristesse de Virginie. Il ne sait pas comprendre qu'elle ne peut oublier; il ne voit pas qu'elle est encore blessée. Il rallume le feu éteint; il ne se préoccupe que de la chaleur dans la cabane et du feu pour faire cuire la viande. Il attise le feu en y jetant des poignées d'écorce; il le tisonne. Virginie se tait. Elle vit dans un cachot sombre, comme si elle avait déjà tué. Elle pourrait marcher dans la forêt, nouer connaissance avec les arbres, découvrir son nouveau pays, avancer dans l'hiver en rêvant si ardemment du printemps que chaque jour peu à peu lui ressemblerait. Elle pourrait rêver à la vie, à la terre ensemencée, aux récoltes, au soleil qui triompherait de la mort; mais elle ne veut pas rêver de la vie quand, quelque part là-bas, parmi des arbres qu'elle ne voit pas, dans un endroit qu'elle ne pourrait jamais retrouver, il y a eu une mort qu'elle ne pourra pas oublier, ni pardonner, une mort dans une nuit épaisse où la terre et le ciel avaient disparu. Cette mort réclame une autre mort. Virginie prêtera à la mort ses mains fiévreuses des chaleurs de juillet. Elle tuera cet homme attentif à rallumer le feu dans la cabane refroidie. Elle frissonne. Personne ne jettera sur ses épaules un manteau de laine douillette. C'est le travail précautionneux de cet homme, dans le poêle où la flamme peu à peu se ravive, qui la réchauffera. Cet homme qu'elle doit tuer donnera la chaleur à son corps transi. Elle songe à la Dame qui avait des chaînes aux chevilles. Elle a tant pensé à son histoire, ces dernières semaines! L'âme de cette Dame erre parmi les épinettes noires. Serait-elle venue se réfugier dans la cabane où l'absence de soleil et la terre battue et glacée lui rappellent l'ancien cachot? Virginie croit parfois l'entendre respirer. Elle ne s'inquiète ni ne s'étonne ni ne s'effraie d'avoir décidé de mettre son homme à mort. Elle ne prie plus. Elle attend seulement. Elle attend que vienne le temps de tuer cet homme qui a réussi à ranimer le feu et qui sourit avec fierté. Virginie a chaud comme si on avait jeté un grand manteau sur ses épaules. L'homme se frotte les mains pour effacer les traces du charbon et de la cendre; maintenant, il caresse la fourrure des lièvres posés sur la table: ils sont gras. Il sait que Virginie et lui vaincront l'hiver. Son corps ne peut contenir sa fierté. Sa fierté est trop grande pour la cabane; il rit, il triomphe. Elle ne le regarde pas et elle se tait. La vie de cet homme ne cesse de s'épanouir depuis qu'il a été condamné à mourir. Le feu est bien enraciné dans les bûches. La fonte craque sous la chaleur. L'homme doit retourner dans la forêt avant la tombée du jour. Il sort. Il croit laisser Virginie seule dans son silence. Même si cet homme est venu rallumer le feu, sa présence est passée comme un nuage. La hache recommence de s'abattre sur le bois que le soleil n'a pas encore dégelé. Les coups secs mordant l'arbre résonnent dans le tronc, sous l'écorce durcie. Le tremblement sourd se répercute dans les branches alentour. Dans le grand silence, l'homme écoute les brefs soupirs, presque humains, des arbres blessés. Les coups répétés de l'homme fouettent la forêt. La cabane s'avance comme un bateau dans la mer houleuse des arbres noirs. L'homme s'acharne. Virginie sait que ce bruit de la cognée contre le bois est aussi celui du coeur de son homme qui oublie la mort à force de frapper.

Ces coups qui ébranlent la forêt sont la voix de son homme comme le silence est la voix qui dit ce qu'elle pense. Le feu se débat dans le poêle. Une bête furieuse y semble prisonnière. La glace au mur se change en eau et dégouline. Dans les interstices entre les billes noueuses, la mousse dégorge l'eau de la glace qui fond. Toute cette eau coule sur le plancher de terre. Ce soir, ce sera de la boue, ou de la glace, car le soleil va s'éteindre et l'hiver reprendra possession de la forêt. L'eau dégoutte du toit. De la glace s'y était accumulée et fond brusquement. Le lit de sapinage sera mouillé ce soir, comme la paillasse de la Dame condamnée au cachot. Il pleut sur Virginie. Le toit coule de toutes parts. Cette eau est encore de la glace. Virginie s'enfuit sans refermer la porte. Le printemps l'aveugle. Cette lumière est trop vive. Ce soleil est trop chaud. L'été viendra tôt. La justice se fera tôt. La cognée ébranle les hauts arbres. Le soleil a été un choc plutôt qu'une caresse. Virginie va du côté de la cabane où règne l'ombre. La Dame qui avait des chaînes aux chevilles ne pouvait pas, elle, quitter son cachot. Virginie n'a pas encore de chaînes: elle a poussé la porte et elle est sortie dans la lumière. Le premier jour du printemps lui a jeté sur les épaules un manteau de dure lumière. Un jour, l'eau dégouttera sur Virginie, le sol sera boueux sous ses pieds, le froid aura la violence du feu sous sa chair écorchée et elle n'aura même pas le désir de pousser la porte: elle sera, comme la Dame, prisonnière. Si elle avait pu sortir par un jour de lumière aussi claire, la Dame aurait choisi le côté de l'ombre pour regarder la terre. Les rayons changent en feu les arbres et la neige. Virginie, à petits pas, dans la neige, n'avance pas. C'est la neige qui doucement dérive sous ses pieds. La Dame aux chevilles blessées n'aurait pas refusé cette lumière. Mais l'ombre qui accompagne les pas de Virginie sur la neige serait-elle celle de la Dame?

* * * * *

Virginie aussi avait vu devant elle s'ouvrir les bras d'un soldat. Ces bras s'étaient ensuite refermés et l'avaient tenue contre un corps où résonnaient les battements d'un coeur énorme. Son visage n'avait pas frôlé celui du soldat, et pourtant, ses joues s'étaient empourprées de chaleur. Il avait dit quelques mots dans un sourire. Elle n'avait pas entendu. Les violons recouvraient les paroles, mais laissaient surgir les cris des danseurs excités. Le soldat ne sentait pas le tabac. La danse était défendue. Les prêtres ne permettaient pas que le corps des garçons, brûlant de vie, ne s'approche trop près du corps des filles prêt comme le bois d'allumage qui n'espère que le feu. L'alcool aussi était interdit. Les hommes, hypocritement, glissaient vers la porte comme si cela faisait partie du rigodon; laissant leurs partenaires au milieu de la danse et virevoltant selon la musique, ils dérivaient jusqu'à la porte et, maladroitement, sortaient. Quand ils revenaient, le visage allumé, les yeux noyés dans un rêve, ils réintégraient la danse, mais ils n'entendaient plus la musique de la même manière. Ils avaient bu de l'alcool. Endiablés par le rhum de la Jamaïque, ils ne dansaient plus les mêmes danses; ils étaient dans un autre pays, le pays de l'alcool, avec d'autres musiques, avec d'autres violons; ils semblaient avoir déserté la danse du Mardi-gras; leur âme brûlait dans l'alcool qui, si l'on devait croire les prêtres, était le feu du diable. De ses bras, le soldat serrait Virginie contre son corps, et tous deux tournaient aussi vite que la musique. Les violons criaient, soupiraient ou se plaignaient; ils réveillaient des tristesses oubliées et des rires sauvages. La musique transperçait les murs, s'élançait de toit en toit dans la ville de Québec, giguait sur le toit d'une église, virevoltait autour d'un clocher avant d'aller patiner sur la glace du fleuve et se perdre, au-delà de l'île d'Orléans, dans les villages éparpillés sur l'autre rive et jusque dans ces forêts noires sur lesquelles, au loin, l'horizon se posait. Le violon égrenait les mots magiques qui changeaient la vie en une danse. Pour Virginie et le soldat qui la tenait dans ses bras, la vie n'était plus qu'une danse: les saisons, les hivers, les tâches qui forçaient les bras et usaient les mains, les chagrins, l'enfance lointaine comme un rêve, l'avenir, le chemin inconnu qui les mènerait jusqu'à la vieillesse. La vie n'était plus une inquiétude. La magie des violons la changeaient en une danse étourdie. Sur le plancher encaustiqué, les pas accordés marquaient le rythme des coeurs. Les corps en fête tournaient inlassablement. Pour Virginie, il n'y avait plus d'hier, il n'y avait plus de demain, il n'y avait que ce coeur qui battait dans le corps du soldat qui la retenait dans ses bras. S'accrochait-il à elle pour n'être pas emporté par les violons dans des contrées interdites? La musique enchantée les soulevait. Ils planaient dans ces canots des légendes ensorcelées qui suivaient dans le ciel des rivières véhémentes. Les bras du soldat retenaient-ils Virginie tout simplement pour qu'elle ne soit pas enlacée par un autre danseur? Cette jeune fille inconnue qu'il n'avait jamais aperçue dans une rue de Québec, il ne voulait plus qu'elle dansât avec quelqu'un d'autre que lui. Lui-même ne voulait plus jamais danser avec une autre jeune fille. Elle se taisait comme si la musique suffisait à exprimer ses pensées. Était-ce à cause du rythme endiablé de la danse, ou était-ce à cause du corps de la jeune fille qu'il serrait trop fort contre lui que son coeur battait trop vite? Le visage du soldat souriait sous des gouttes de sueur qui tombaient sur son uniforme. Il avait l'air de regarder au loin, très loin. Avait-il deviné que Virginie ne voulait pas danser dans d'autres bras? Il y avait en lui autant de vigueur qu'il y avait de ferveur dans les violons;il pouvait danser aussi longtemps que le violon ne s'endormirait pas de fatigue. Virginie danserait aussi longtemps que le soldat la garderait dans ses bras. Contrairement aux autres garçons, il ne cherchait son bonheur que dans cette musique et dans cette danse. Il lui suffisait de tenir Virginie dans ses bras, tandis que les autres garçons, fuyant la danse, sortaient dans la nuit, derrière le givre des fenêtres où les appelait le feu alcoolisé de la Jamaïque. Ils revenaient dans la danse avec des rires semblables à des hoquets. Les garçons, chambranlants, revenaient rassasiés de rhum, étonnés de voir les murs danser un rigodon avec le plafond.

Virginie comprenait pourquoi les prêtres interdisaient la danse. Elle était décidée à ne plus jamais leur obéir. La musique, c'était la vie qui se dévoilait. De l'hiver, la danse faisait un printemps. Soudain, on n'entendit plus la musique, mais des cris, et l'on dansait encore. Des cris qu'il fallait attribuer non à des bêtes, mais à des hommes. Puis, des voix apeurées, plus aigües, moins puissantes: les femmes. Les bras du soldat lâchèrent la taille de Virginie qui était encore possédée par les violons. Son corps, attiré par celui du soldat, ne voulait pas s'en séparer; il la repoussa. Elle le vit disparaître parmi les garçons qui meuglaient, roulaient les uns sur les autres, frappaient à coups de pieds. Une chaise s'abattait sur l'un, l'autre brisait un balai sur une tête; l'on ruait, l'on cognait. Des verres éclataient sur des visages. L'on se bousculait, s'étouffait, s'écrasait la tête contre le plancher ou le plafond; l'on se prenait à la gorge, s'arrachait le nez, se déchirait la mâchoire, sabrait à coups de poings, fauchait à coups de pied, martelait les oreilles et les ventres. Les torses étaient découverts sous les chemises en lambeaux. Les cris étaient-ils des rires ou des plaintes? Chacun frappait comme si tous l'attaquaient, les bras s'agitaient, les pieds se dressaient, les corps se tordaient. Virginie ne voyait plus son soldat. Il n'y avait plus personne debout. Les jambes et les têtes s'emmêlaient parmi les corps. Les femmes revenaient avec des seaux de neige et les renversaient sur les combattants terrassés avec de petits rires amusés. La neige se teignait de sang. Les hommes, étourdis, souriant bêtement, essuyant le sang de leur visage, se relevaient un à un, palpant leur mâchoire ou leurs jambes. Ils boitillaient, se plaignaient, se frottaient les yeux, ivres, surpris. Apercevant tout d'un coup un visage connu, un ami, un copain, ils beuglaient leur surprise comme s'ils ne s'étaient pas vus depuis longtemps et tombaient dans les bras l'un de l'autre, s'étreignaient, s'embrassaient. Sanglants, blessés, les membres endoloris, les chemises déchiquetées sur une chair égratignée, ils sortaient enlacés pour boire le jamaïque. N'était-ce pas le Mardi-gras? Le soldat ne sortit pas avec les autres. Il revint vers Virginie. Il ne saignait pas. Il n'avait pas de blessure. Sa redingote était impeccable. Il tendit les bras comme si rien ne s'était passé et les referma autour du corps de Virginie. Il l'entraîna vers le centre de la pièce. Virginie vit quelques femmes chuchoter à son sujet; cela était de si peu d'importance. Les violons recommencèrent doucement à chanter. Il semblait à Virginie que le soldat et elle n'avaient jamais cessé de danser. Elle sentait le coeur du soldat battre dans son propre corps. La mélodie des violons s'aviva. Toute la vie dansait avec eux. Soudain, le soldat parla:

— Je vous ai pas encore demandé votre nom, mademoiselle, et je sais que c'est très impoli de danser avec une demoiselle sans pouvoir dire son nom, mais, vous devez me croire si je vous dis que vous m'avez tant chaviré les esprits que j'ai oublié de vous demander comment vous voulez que je vous appelle.

— Virginie.

— Bien, mademoiselle Virginie, j'aurai pas envie de danser avec personne d'autre que vous.

— Vous, monsieur, comment vous appelez-vous?

— Mes troupiers m'appellent Sergent, mes supérieurs

m'appellent Sergent, le cabaretier m'appelle Général. J'ai presque oublié que ma mère et mon père m'ont donné le nom de Victor. Alors Virginie, vous pouvez m'appeler Victor.

— Pourquoi vous êtes-vous battu?

— Si j'étais menteur, je vous dirais, Virginie, que c'est parce qu'un de ces malpolis a osé vous regarder...

Virginie sentit son visage devenir bouillant sous la poudre de riz qu'elle avait appliquée avec beaucoup de soin. Le soldat aussi avait rougi.

— Mais comme je suis pas un menteur, mademoiselle Virginie, je dirai seulement que pour un soldat, la bataille, c'est comme la broderie pour une femme. Et je vous dirai même que se battre, pour un soldat, c'est aussi naturel que de dormir et de manger. Et je dirai même qu'un soldat qui se bat pas, mademoiselle Virginie, il est bon à accrocher sur un mur dans un cadre. La bataille, c'est quasiment aussi bon que la danse...

— Puisque vous aimez autant vous colleter avec des sauvages que danser avec moi, moi, je ne danse plus.

Elle se cabra dans l'anneau de fer que les bras du soldat faisaient autour de sa taille. Elle n'était pas assez forte pour se libérer. Les joyeux fêtards, dépenaillés avec leurs demoiselles, suivaient le rythme d'une musique qu'ils étaient les seuls à entendre. N'était-ce pas le Mardi-gras? Après ce jour ne venait-il pas le Carême, sept longues semaines remplies de la tristesse du Christ agonisant sur sa croix? Elle toisa le soldat avec une moue de mépris.

— Je vais vous expliquer, mademoiselle Virginie...

Il se tenait raide (comme un soldat):

— Je vous ai dit, mademoiselle Virginie, que pour un soldat la bataille est naturelle. Le soldat est un homme qui veut se battre contre un autre homme. Un soldat qui aimerait mieux la danse que la bataille, c'est un ambassadeur, pas un sergent. C'est la vérité, mademoiselle Virginie. Si vous me punissez de votre mauvaise humeur parce que je vous ai dit

33

la vérité…

Il se tenait le corps au garde-à-vous comme s'il avait été devant un général, mais ses bras étaient autour de Virginie. Elle lança une autre salve qu'il n'attendait pas:

— Si vous aviez parlé moins souvent à des chevaux et plus souvent à des jeunes filles, vous sauriez que les jeunes filles modernes préfèrent entendre de petits mensonges plutôt que de grosses vérités. Excusez-moi, mais moi, je dois me laisser ramener à la maison avant que le diable vienne me chercher avec son chapeau en tuyau de castor dans sa carriole de feu. Bataillez-vous bien.

— Mademoiselle Virginie…

Il ne pouvait la retenir. Il comprit qu'elle aussi aimait la bataille. Il ouvrit ses bras. Elle chercha son manteau de fourrure. Par-dessus la tête des danseurs, et par-dessus la musique folle des violons, le soldat s'écria:

— Demain, Virginie, sur la place du Marché, notre peloton fait un exercice. Si vous voulez me voir, venez! Place du Marché!

Elle était déjà sortie, emmitouflée dans son manteau de chat sauvage. Son chaperon la suivait, fidèle et protecteur. Par la fenêtre, Virginie jeta un coup d'oeil. Les carreaux n'étaient pas tous givrés. Parmi les danseurs qui tournoyaient dans un désordre qui semblait amuser la musique, elle aperçut le soldat, le Sergent, Victor, le corps raide comme une épée, les deux bras tendus comme si elle allait revenir s'y précipiter.

* * * * *

C omme un éclair dans le tronc. L'arbre, immobile malgré la blessure, semble ne pas devoir tomber. Virginie connaît maintenant des silences plus muets que l'habituel silence de la neige et de la forêt. Puis, éclate un muscle de l'épinette. Se casse un autre muscle du bois. L'arbre va pencher. Enfin tous les muscles se rompent dans une même cassure. L'arbre tombe: l'air siffle entre les branches. Un bref soupir. D'autres craquements résonnent, plus brutaux. Les branches se heurtent et se mêlent et s'agrippent aux branches des arbres proches. La sève est gelée, et le bois a un son de glace. L'arbre s'abat dans la neige avec le son étouffé d'un sac de farine. Puis, ses branches se tordent et éclatent au sol. Vient un court silence. L'homme, qui s'était reculé pour se protéger, retourne vers sa victime. Enfoncé jusqu'à la taille, il piétine un sentier tout autour de l'arbre. La hache recommence à frapper. Virginie sait qu'il s'attaque maintenant aux branches de l'épinette. Il est fébrile à la tâche; il combat cette forêt comme s'il avait la mission de couper tous les arbres du Canada. Virginie sait qu'il ne lui reste pas tant d'arbres à abattre. Il serait plus raisonnable pour lui de ne dégager que l'espace nécessaire pour étendre son corps. Comment avoir une semblable pensée sous cette lumière qui repeint la vie sur terre? Le destin de cet homme est fixé. Elle ne devrait plus penser au châtiment, mais vivre au jour le jour comme ceux qui ne sont pas tenus de donner la mort. Quand le moment sera venu, tout se déroulera comme l'été après le printemps et l'hiver: en son temps; y trop songer n'avancera pas le temps de la justice; y trop penser, au contraire, allongera les semaines et les mois, car chaque pensée est un temps qui s'installe dans le temps. La Dame qui avait des chaînes aux chevilles devait aussi beaucoup songer. Quand le temps sera venu, le corps de cet homme foudroyé sera exposé aux dents des bêtes qui arracheront la chair de ses os. Que ces bêtes emportent ces os dans leurs terriers! Que les os rongés soient éparpillés dans la forêt et rongés. Que personne ne puisse savoir qu'il s'agit là des rebuts d'un homme! Elle rendra justice. Ni les autres hommes, ni les autres femmes n'ont le droit de rendre justice. Virginie sera condamnée au cachot comme la Dame. Au lieu de s'allonger vers l'instant où cet homme se trouvera devant la vérité de sa propre mort, le temps maintenant se prolonge vers un passé éloigné comme un écho presque éteint. Aujourd'hui, dans ce soleil, l'ombre qui l'accompagne sur la neige, autour de la cabane lambrissée de bouleau, n'est pas l'ombre de son corps, mais celle de la Dame. Si elle pouvait écouter, si ne régnait que le silence de la neige et des arbres, si la hache ne s'acharnait pas furieuse contre les arbres, elle pourrait entendre le bruit des chaînes de l'ombre sur la neige. Elle pense à une dame prisonnière, mais à travers les vêtements d'étoffe, la lumière se fait douce comme un souvenir d'été. Elle songe à un cachot, mais autour d'elle l'espace est aussi vaste que le ciel infini; elle pourrait marcher des semaines et des mois sans en atteindre la limite. Elle pourrait aboutir au pays de la mort, mais jamais à la fin de cette forêt. Virginie ne veut plus avancer dans cette mer d'arbres. Elle tourne autour de la cabane. Son silence est pesant de toutes les branches muettes et de tous les troncs agrippés à la terre, sous la neige, en un désir tenace et muet de vivre. Indifférente, la forêt règne comme si Virginie n'existait pas. Pour se donner existence, l'homme, lui, s'attaque à l'espace; il compte les arbres abattus, livre une bataille dont les coups font vibrer l'écho: il existe! Il frappe l'espace, le secoue, tandis que Virginie, les yeux éblouis, est fragile, petite et inutile. Mais lorsque cet homme tombera, il surviendra quelque chose d'important parmi les branches et les troncs enchevêtrés. Elle doit tuer cet homme pour exister. Par une loi inéluctable à laquelle son sang se soumet, à laquelle son âme se soumet comme elle s'est un jour soumise à la vie et comme elle se soumettra à la mort, Virginie tuera cet homme pour blesser la forêt. Elle fera savoir à la forêt qu'elle existe, puisqu'elle aura donné le coup le plus fort qu'elle puisse asséner: la mort à un homme. D'y penser seulement, elle existe. Où n'existe que le silence figé des branches noires et des troncs, elle se sent aussi exister. Dans cette forêt qui réduit tout au silence, Virginie tuera. Elle cachera ce secret dans l'inviolable secret de la lente croissance des arbres. Par le coup donné à l'homme, Virginie affirmera qu'elle est une femme parmi ces arbres indifférents, une femme qui souffre, une femme qui veut vivre; c'est pourquoi elle tuera. Inéluctablement, l'été châtiera l'hiver. La cabane dérive, minuscule, précaire, dans le temps des siècles accumulés sur le sol. Pensant à cette mort qu'elle donnera, Virginie se sent vivante comme au jour où elle a donné la vie: il lui avait semblé que le monde n'existait que pour lui permettre de donner la vie. Chaque fois qu'elle pense à cette mort à donner, tout s'explique. Virginie existe avec la vérité d'un coeur qui bat. Elle est au milieu d'arbres étranges dans leur noire immobilité; elle est au milieu de la neige insondable, au milieu du silence pour donner la mort. Dans ce silence, la Dame qui traîne ses chaînes noue le passé et l'avenir. Par l'acte de mort, la Dame qui est l'ombre de Virginie, présente comme une pensée tenace, prendra forme tout à coup dans le temps des hommes d'aujourd'hui. Virginie, qui marche maintenant dans le soleil, deviendra alors un souvenir. Un éclair douloureux traverse sa tête: est-ce avril qui l'éblouit?

* * * * *

Ruisselante des sueurs de la danse, Virginie se hâta pour suivre son chaperon empressé qui marmonnait combien il était tard pour une si jeune fille élevée catholiquement: trop tard à la veille de la pénitence du Carême pendant lequel un vrai chrétien devait se préparer par le jeûne implacable à mourir pour ses péchés avec le Christ et à ressusciter avec Lui au matin de Pâques. Virginie, lui reprocha son chaperon, avait dansé avec un entrain que n'auraient pas permis les prêtres s'ils avaient jamais osé permettre la danse. Virginie riait de la détresse de son chaperon. Elle avait dansé, il était vrai, comme aurait bu un ivrogne longtemps privé d'alcool. Elle regarda encore à travers les carreaux givrés ce soldat étonné de ne plus danser. Les reproches du chaperon lui semblaient drôles. Elle avait ce rire facile que donne le vin, mais elle n'avait pas bu; elle n'avait que dansé, et son corps était ivre. Elle avait tant dansé qu'elle avait peine à marcher; ses jambes semblaient ne vouloir obéir qu'à la danse des violons et refuser de se soumettre au rythme des pas qui menaient à la maison paternelle. Ses muscles lui commandaient de danser, mais elle devait rentrer. Un soldat lui avait aussi tendu les bras comme à la Dame qui embarquait sur le bateau. Sans doute ces soldats devaient-ils se ressembler: la poitrine gonflée, les muscles tendus, droits comme des épées, et, dans cette chair qui voulait imiter l'acier, une tendresse d'enfant qui espère la chaleur du sein. Virginie avait dansé dans une nuit peuplée de démons qui s'efforçaient de prolonger le Mardi-gras jusque dans le Carême. Elle s'en souvient, elle ne craignait pas l'arrivée de l'Inspecteur de l'enfer qui, dans sa voiture de feu, visitait les bals trop tardifs. Virginie regarde son ombre sur la neige: à ses pieds semblent sonner des chaînes.

* * * * *

Virginie n'alla pas, sur la place du Marché, admirer la revue militaire avec ses fusils étincelants et ses chevaux brossés si soigneusement qu'ils semblaient aussi porter l'uniforme. Elle demeura à la maison, assise devant une fenêtre. La lumière qui tombait sur sa broderie emportait avec elle un peu de la grisaille des murs de pierre. Elle ne s'ennuyait pas. La vie semblait s'être arrêtée avec le début du Carême. La rue était déserte. Les habitants de la ville s'étaient enfermés dans leurs maisons et priaient. Une pointe de regret s'enfonça dans son front, mais elle s'appliqua à sa broderie: ce point de fée demandait une grande attention et le fil était mince. Elle avait depuis longtemps entrepris cet ouvrage et lui consacrait ses tranquilles après-midi des dimanches et les soirées d'hiver en attendant que vienne le sommeil. Elle imitait les gestes et la patience de sa mère qui, elle aussi, à son âge, avait entrepris de broder une nappe. Une jeune fille devait apporter à son mari une nappe brodée qu'elle déploierait sur la table à l'occasion des grands jours, quelques fois dans sa vie. Et après le décès de la brodeuse devenue vieille femme et grand-mère, et peut-être arrière-grand-mère, on retrouverait la nappe pliée dans un tiroir parfumé aux violettes, et les femmes s'extasieraient devant tant d'application; elles regretteraient: ''Aujourd'hui, la jeunesse n'a plus cette patience; la jeunesse a perdu le génie de la race!'', et elles s'étonneraient du savoir-faire de la brodeuse qui pratiquait des points dont la science était perdue.

Quelqu'un s'écrierait: ''Grand-mère avait fait ça avant de se marier!''. Il y aurait dans cette nappe, écrit dans les noeuds, les fleurs de fil, un testament dans lequel la défunte disait ce qu'elle attendait des filles de sa descendance qui prendraient l'héritage. Cette nappe, alourdie tout à coup, serait rangée pieusement dans son tiroir. Celle qui allait l'hériter accepterait de continuer la vie de celle qui était partie. Virginie brodait. Elle pensait un peu à tout cela. Sa mère, comme elle, penchée sur un ouvrage de dame, devait avoir les mêmes pensées que Virginie. Sa mère aussi avait été jeune fille. Virginie deviendrait femme dans quelques années: une femme au ventre arrondi et au visage bouffi, où la jeunesse se fondrait dans une petite douleur soumise. Mystère de la vie qui sans cesse change: une jeune fille sera vieille femme et une vieille femme fut déjà jeune fille. Seule la nappe religieusement brodée ne changerait pas: elle jaunirait à peine dans son enveloppe de papier bleu. La lumière était un peu triste. Sa mère silencieuse était, par la pensée, dans une autre époque, et la maison était si muette qu'elle semblait ne pas exister: aucun craquement de clous rouillés, nulle plainte des chevilles ni des poutres; la maison semblait morte. Virginie, un peu étourdie par la lumière comme elle avait été grisée par la musique des violons, un peu étourdie aussi par les mouvements du fil et de l'aiguille comme elle avait été possédée par la danse, avait dans sa tête une fête de pensées qui dansaient dans le brouillard. La magie des noeuds et des boucles créait de jolies fleurs sur le fil de lin. Comme le fil, lui avaient enseigné les religieuses au couvent, la vie n'est rien en soi, mais par les mains d'une jeune fille adroite, appliquée, tenace, elle peut devenir une fleur inspirée. De la danse de la veille, des airs revenaient, par-dessus la nuit, en écho dans le jour, virevolter dans sa tête. Sur sa chaise empaillée, elle sentait parfois, autour de son corps, les bras du soldat. Elle regrettait de n'être pas allée, place du Marché, à la démonstration militaire, mais en même temps, elle était heureuse de n'avoir pas accepté l'invitation du milicien. Il pourrait parader, se bomber le torse, faire pointer son menton vers l'horizon, elle n'était pas là. Sans doute la chercherait-il du regard, serrant son fusil, marchant les jambes raides, gardant la tête haute et cognant ses talons, mais il ne la retrouverait pas. Elle était fière de n'avoir pas obéi à cet homme. Elle en souriait, penchée au-dessus de la broderie où tombait un rayon de lumière, une poussière grise, une infime pluie sèche. C'est ainsi que le soleil se présentait toujours dans cette petite rue creusée au pied de la falaise. Pourtant, place du Marché, la neige était blanche et le soleil était violent. Le soleil, à quarante jours de Pâques, cuisait le visage des soldats et les aveuglait lorsqu'ils durent se tenir longtemps debout, immobiles comme des pierres. Les fusils lançaient des éclairs sous le soleil. Le père de Virginie avait vu la démonstration et il revint le visage rougi par ce soleil reflété sur le miroir blanc de la neige. Il raconta quelques histoires, celles qu'il répétait toujours. Au temps de sa jeunesse, il avait porté le fusil "et quand on n'avait pas de fusil, on prenait des bâtons. Nous autres, on n'était pas des miliciens propres comme des bonbons de luxe rangés avec des rubans dans une boîte; on était des soldats qui se battaient comme les sauvages, avec les tactiques des bois. Ces soldats d'aujourd'hui ont jamais vu un sauvage, et je me demande s'ils savent reconnaître une épinette d'un lampadaire à gaz. Mais ils sont propres, nos miliciens. Ben trop propres pour aller se battre! Ils sont propres comme des Anglais. Et puis, ils ont des beaux petits fusils qui tirent seulement le dimanche, et des fausses balles, pour pas faire peur à personne. Mais eux, ils ont la gloire: ils ont le corps raide comme des piquets de clôture et regardent loin par-dessus l'humanité. Quand ils marchent, des centaines de miliciens marchent comme si le peloton n'avait que deux bras et deux jambes, tant ils obéissent à leur chef. Dans notre temps, nous, on gardait chacun nos deux mains et nos deux pieds. Quand on tapait, on tapait dans le tas, chacun; on cognait autant qu'on pouvait, on n'attendait pas le voisin pour cogner en même temps que lui et puis, et puis on n'attendait pas un ordre du Roi pour commencer. Quand c'était le temps de déguerpir, on n'avait pas la patience d'attendre le voisin pour partir vers la gauche sur le même pied que lui. Aujourd'hui, la musique, les miliciens qui marchaient au pas, le tambour, les uniformes, les coups de canon, les salves de fusil et le soleil qui brillait sur les uniformes et sur les armes, c'était beau; mais moé, je dis qu'un soldat est encore plus beau lorsqu'il est couvert de la vase du terrain qu'il prend aux Anglais". Virginie poursuivait sa broderie. Elle se félicitait de n'être pas allée voir son danseur, place du Marché. Mais plus tard, elle se joignit à une grappe de jeunes filles enveloppées dans leurs beaux manteaux des dimanches qui se rendaient à un office religieux. On lui demanda si elle avait assisté à la cérémonie militaire. Ces jeunes filles avaient encore dans les yeux un peu de l'émerveillement qu'elles avaient rapporté de la place du Marché et, autour des lèvres, un peu du bonheur d'avoir vu tant de garçons beaux et forts, capables de se battre et de tuer s'il le fallait. Les jeunes filles lui reprochèrent son absence, avec une conviction attristée. Pendant la prière et le chant qui sentait l'encens, Virginie regretta de n'être pas allée voir son danseur, son soldat.

* * * * *

43

Virginie va tuer cet homme. Sa vie ne ressemblera pas à celle de sa mère. Les vertus apprises à la broderie, elle les appliquera à la mort de cet homme. Au réveil, quand il est allé ouvrir la porte pour voir le temps qu'il fait, espérant ouvrir à la lumière d'une autre journée de printemps, l'hiver a bondi sur lui avec la force de ce qui va durer. Pour repousser la porte, il a eu besoin de toute sa vigueur. Non, ce n'est pas le printemps. Le plancher de la cabane est redevenu de glace. Victor regrette encore de n'avoir pas couché par-dessus la terre nue des troncs de jeunes épinettes dont il aurait comblé les interstices avec de la mousse. Tant de tâches urgentes le pressaient: les bêtes à chasser pour la nourriture, le bois à couper pour le feu et les arbres à abattre afin de pouvoir, au printemps, dès que la neige aurait disparu, arracher les souches et les pierres et préparer la terre à recevoir la première semence d'avoine, de sarrazin et de luzerne. L'hiver a repris son emprise sur la terre. La bise se déchaîne en cavalcade: le fût des grandes épinettes noires se courbe sous le passage de la neige frénétique. Victor raconte que dans l'Ouest, là où il y a de grands espaces sans forêt, de grandes prairies à donner le vertige, l'on combattait à cheval et l'on pouvait voir venir devant soi un gros nuage qui courait sur la terre; et c'était seulement après avoir été englouti dans ce nuage qu'on comprenait qu'il était rempli de chevaux et de sauvages. Quand le nuage était passé, il ne restait plus sur la plaine que désolation. C'est à cette histoire que lui fait penser la poudrerie d'aujourd'hui, cette tempête aussi forte que celle du jour de leur grand malheur. La neige pousse la porte, elle s'insinue entre la porte et le rondin du seuil. Ils sont à l'abri. N'ont-ils pas un toit sur la tête et autour d'eux, des murs? N'ont-ils pas un feu? N'ont-ils pas du bois? Oh, le jour de leur grande épreuve, s'ils avaient eu des murs et un toit, s'ils avaient eu du feu, ils auraient été protégés! La porte maintenant est bien barricadée, étayée d'un rondin. Il a jeté des bûches dans le poêle, le feu a faim et le grand vent souffle à travers les murs. Victor remue la braise. Il empile quelques bûches: elles ne sont pas sèches comme il le faudrait. Il faut les disposer avec une science précise afin que l'air puisse aider le feu à s'agripper au bois. Oh, le jour de leur grand malheur, s'ils avaient eu quelques bûches sèches, du feu, un mur, ils auraient été plus forts... Cet homme parle, parle... Il dit toujours ce qui se passe dans sa tête ou dans son coeur; chacune de ses pensées devient des mots. Il parle sans cesse; seul, dans la forêt, il doit confier ses pensées aux arbres. Virginie, elle, se tait. Elle se tait toujours. Comme si elle avait perdu la parole le jour du grand malheur. Elle a crié, crié, cette nuit-là, non seulement à se déchirer la gorge (du sang était monté à ses lèvres d'avoir trop hurlé sa douleur), mais aussi à déchirer la nuit indifférente. Elle a crié sa douleur, comme un Christ sans croix que Son Père dans le ciel ne voulait pas entendre. Depuis, elle se tait. À la milice, cet homme a connu un soldat qui avait perdu la parole après avoir reçu un coup sur la tête: il avait tout oublié de son langage d'homme et, s'il essayait de parler, c'était pour baragouiner, du fond de la gorge, des bredouillements d'enfant. La douleur avait eu le même effet sur Virginie; c'est ce qu'avait d'abord pensé cet homme. Peu à peu, il a compris que Virginie ne lui parle plus parce qu'elle a décidé de ne plus lui parler. Elle a décidé que le silence, après ce grand malheur, parle plus fort que les plus rudes reproches. Elle a cessé de lui parler, et il est sorti de sa vie. Elle l'a déjà tué par son silence. Même si la

45

mise à mort n'est pas encore venue, sa mort est réellement arrivée. Elle le voit, dans sa forme d'homme, vêtu des vêtements qu'elle a pliés dans le sac de toile avant d'entreprendre le voyage: il attise le feu, à genoux devant le poêle, mais il est déjà mort. S'il parle, c'est à la manière des morts dont les paroles viennent souvent se mêler aux mots des vivants. Virginie se tait. Virginie n'écoute pas cet homme qui parle toujours. Il est mort et il parle constamment pour repousser le silence. Virginie ne voudrait même pas écouter le silence de cet homme si, tout à coup, il se taisait. Elle connaît toutes ses paroles, elle connaît toutes ses pensées: des rengaines. Elle connaît aussi ses promesses: il lui annonce des champs d'avoine, des carottes, des carottes qui goûteront le miel, des vaches et du lait; il lui promet un matelas de paille, des poules qui pépieront autour de la cabane, des oeufs à cueillir sous leur ventre chaud, un cheval pour les tâches trop lourdes, une fenêtre avec des vitres à la cabane, un plancher de bois par-dessus la terre battue, de l'étoffe pour se coudre une nouvelle jupe et, plus tard, une vraie maison peinte en dehors et en dedans; il promet, cet homme, comme s'il ne devait pas mourir; il ne se souvient pas du passé, il n'y a que l'avenir, il n'y a plus d'hiver pour lui, il ne connaît que l'été qui viendra de l'autre côté du printemps; c'est un homme qui ne se souvient pas, qui ne sait que ce qui viendra demain. Virginie ne l'écoute plus, mais elle l'entend même lorsqu'il est parti chasser au loin ou marquer dans l'écorce des arbres les frontières de son domaine, ou bien lorsque sa hache frappe contre les troncs gelés. Il parle sans cesse, cet homme. Le silence de Virginie est présent partout comme l'hiver; il s'insinue en lui, dit-il, avec un goût amer. Ce silence lui est une douleur. Mais cet homme, qui ne se rappelle pas le passé et ne connaît que l'avenir, croit que le silence passera comme la saison glaciale et que se prépare un printemps où les mots vont refleurir. Il n'accepte pas ce silence qui a envahi leur vie. Pourtant, il pèsera sur lui, de plus en plus implacable. Cet homme n'admet pas la mort. Il croit la sienne lointaine encore, au bout de nombreuses saisons qui se succéderont. Sur son grand malheur, l'oubli est passé comme une traînée de neige. Maintenant, il voudrait faire un enfant. Donner la vie n'efface pas la mort. Il explique que l'enfant pourrait naître en hiver. Les pleurs d'un enfant qui résonneraient dans la forêt enneigée ne pourraient jamais effacer le silence d'un autre enfant. L'hiver s'acharne. Les bourrasques heurtent la cabane. Les branches tordues se plaignent. Virginie se tait. Jusqu'à la fin de la tempête, avant que cet homme ne puisse rouvrir la porte et, hache et carabine à l'épaule, disparaître entre les arbres dressés dans la paix revenue, elle restera avec lui, enfermée dans ce cachot. Il brûle le bois avec l'entêtement de celui qui voudrait réchauffer l'univers entier. Même si la flamme faisait fondre le poêle, même si elle réchauffait le vent qui s'infiltre entre les rondins, même s'ils transpiraient de tout leur corps, il restera toujours, dans la cabane, le froid du silence de Virginie. Homme et femme, face à face, au milieu de la tempête qui fait rage, tous deux près du feu: l'un qui parle sans cesse, l'autre qui se tait; homme et femme seuls au milieu de la forêt, où le vent balaye la neige comme en ce jour de leur grand malheur; homme et femme dans le mystère qui les condamne à mort, l'un le jour prochain qu'elle aura décidé, l'autre dans un cachot humide, sur la paille, quand Dieu l'aura décidé; homme qui parle et dont les paroles sont déjà le silence d'un absent, femme qui se tait et dont le silence se transforme en torture; homme qui espère, femme qui désespère: ils sont à l'abri, près d'un feu bien nourri, mais, corps et âme, ils sont perdus quelque part dans la tempête, ils luttent contre les vents, ils sont séparés, ils sont seuls. La neige embrouille la terre et le ciel. La mort est cachée dans ces rafales. Que leur prendra-t-elle? Cette cabane en billes calfeutrées de mousse et tapissée de bouleau est le cachot où Virginie attend sa fin. Virginie, comme la Dame, a été condamnée à porter des chaînes. Elle tuera un homme. Elle se souvient de choses qui appartiennent à la mémoire de la Dame. Elle a tant pleuré, enfant, à cause de ces pesantes chaînes qui blessaient les pieds de la Dame.

* * * * *

Si tu voulais, Virginie, on pourrait avoir un enfant, mais il faudrait que tu le veuilles. C'est naturel d'avoir un enfant. Si un homme et une femme sont ensemble, ils doivent pas rester seuls, mais il faut que les enfants poussent autour comme de belles fleurs du bon Dieu qui deviennent ensuite de petits hommes et de petites femmes, qui continuent la vie et qui font pousser aussi de petites fleurs d'hommes et de femmes. C'est la loi de la vie, Virginie. Le bon Dieu veut que la vie continue. Il faut pas arrêter la vie. Un homme et une femme doivent pas vivre ensemble comme s'ils savaient pas la loi du bon Dieu ou comme si y avait pas de bon Dieu. Faire des enfants, c'est la raison pour quoi le bon Dieu a mis des hommes et des femmes sur la terre; si le bon Dieu avait pas voulu d'enfants, Il aurait mis sur terre des ours, des boeufs et des vaches... Virginie, si le bon Dieu avait voulu qu'il y ait seulement des pierres sur la terre, Il aurait créé seulement des pierres. Y a une seule loi dans la vie: c'est qu'un homme et une femme doivent faire des enfants. Alors, toé et moé, on est un homme et une femme, pourquoi veux-tu pas qu'on fasse un enfant? On pourrait le faire maintenant, au printemps, à la fin de l'hiver, et l'enfant arriverait au commencement de l'autre hiver. Virginie, on pourrait faire l'enfant aujourd'hui, parce que je sortirai pas dans la tempête. On pourrait faire un enfant tout de suite! J'ai mis du bois sec dans le feu. Pendant que le feu pétille avec de belles étincelles, toé et moé, on pourrait obéir à la loi du bon Dieu. Moé, je pourrai pas toujours travailler seul à agrandir la terre, je vas avoir besoin de bras pour m'aider. Pis cette terre là, quand elle sera défrichée et qu'elle sera rendue comme une belle grosse femme enceinte, et que je serai devenu incapable de mes bras, je voudrais ben avoir un enfant à qui me donner, à qui te donner, et à qui donner notre terre. Il faut avoir des enfants à qui donner notre vie; autrement, pourquoi est-ce qu'on vit? Je sais que tu penses à un enfant, toé aussi. Tu es une femme, Virginie, et une femme comme un homme peut pas penser à beaucoup d'autres choses qu'à un enfant. Tu penses à un enfant qui est derrière nous, dans la neige du temps passé, tandis que moé, je pense à un enfant qui nous attend quelque part dans les neiges du temps à venir. On a perdu un enfant. Crois-tu que tous les enfants des ours ou que tous les enfants des loups ou que tous les enfants des oiseaux vivent assez longtemps pour aussi se faire des enfants? Crois-tu que tous les enfants qui naissent peuvent vivre leur vie jusqu'au bout? Le bon Dieu a fait la loi. Dans sa loi, beaucoup d'enfants doivent mourir. C'est parce que le bon Dieu veut qu'on fasse encore plus d'enfants. Je voudrais pas qu'on reste là à regarder notre malheur, comme on regarderait un puits qui nous paraîtrait toujours de plus en plus sec. Il faut continuer notre chemin. Il faut qu'on fasse un enfant pour nous venger des grands vents du bon Dieu. Il faut pleurer, Virginie, parce que c'est triste de perdre un enfant. C'est mourir un peu soi-même; c'est un petit bout de notre vie qui meurt. Il faut pleurer, parce que c'est triste de mourir. Personne ne devrait mourir. Surtout pas les enfants et surtout pas les petits enfants qui n'ont pas encore eu le bonheur de courir dans le soleil de l'été, sous le grand ciel du bon Dieu. C'est triste, mais c'est la loi du bon Dieu que les enfants meurent autant que les vieillards. Le bon Dieu, qui a créé la terre et qui fait des hivers et des étés, doit bien avoir raison, mais moé je comprends pas et toé non plus tu comprends pas, et tu te tais et tu pleures dans ton âme, et tu te tais comme si tu voulais déjà mettre sur tes lèvres le silence qui gèle la bouche des morts. Partout des enfants meurent, Virginie. Dans toutes les maisons le long du chemin pour venir icitte, des enfants sont morts. Sur la porte de chacune de ces maisons, y a un petit clou qui a servi à pendre un ruban noir à la mort d'un enfant de la maison. La mort est la loi de Dieu, mais nous, Virginie, c'est à la vie qu'il faut penser. C'est itou la loi du bon Dieu que l'homme et la femme doivent semer la vie là où est passée la mort. Virginie, il fait une grosse tempête dehors, y a un bon feu dans la cabane, on pourrait faire un enfant; il serait fort comme la tempête, et son âme serait chaude comme le feu dans le poêle.

* * * * *

On connaît son avenir tout autant que son passé, mais on préfère vivre comme si l'on ne connaissait ni l'un ni l'autre; on marche sur la terre, les chevilles liées par les chaînes du passé. Virginie sait cela maintenant. Les corneilles sont revenues. Elles croassent au-dessus de la forêt. La lumière puissante d'avril va renverser l'hiver de la même manière que les années passées. La cabane, comme un bateau, peu à peu s'approche de la rive du printemps. À l'été, elle tuera un homme. Elle l'a déjà tué dans son âme. Ce fait futur est déjà un fait passé. Cet homme, parti avec sa hache dans une terre boueuse où la neige effacée a laissé des ruisseaux errants, est le souvenir d'un homme qui était vivant. Dans les temps anciens, la Dame avait aussi tué un homme. Le poids que Virginie sent à ses jambes depuis qu'elle a décidé de tuer son homme serait-il celui des chaînes de la Dame? Cet homme, bientôt, tombera dans l'herbe et la mousse. Sera-ce Virginie ou la Dame qui donnera le coup fatal? Pourquoi tuera-t-elle? Les raisons en sont écrites plus loin qu'en son âme, plus loin qu'en sa vie, plus loin qu'en son propre temps. Virginie vivait peut-être au temps de la Dame qui vit encore en ce printemps qui réveille l'arbre sous lequel l'homme tombera. Était-ce en juillet qu'elle mit fin à la vie de son homme? Virginie se souviendrait-elle? Les souvenirs de Virginie sont plus vastes que sa vie. Se souviendrait-elle aussi de l'avenir? Virginie pense trop. Elle sent la terre, sous ses pieds, respirer. Toutes ces idées l'étourdissent. Malgré le printemps, l'homme n'a pas retiré ce qui obstrue l'espace de la fenêtre. Dans la cabane, il fait moins sombre qu'en hiver, mais c'est encore le règne de la nuit. Le poêle jette quelques éclairs sur les murs. Perdue dans ses pensées, elle est éblouie comme si elle était sortie en ce plein soleil d'avril. Mais elle ne sort pas. Elle ne veut plus marcher autour de la cabane; la terre est boueuse comme le raconte la Bible, avant qu'elle ne se séparât d'avec les eaux. Victor a jeté dans la boue du plancher des branches, des tronçons sur lesquels elle doit poser le pied pour ne pas s'enfoncer. Le bois mouillé est glissant. Elle doit chausser des bottes bien graissées d'huile de vison. La boue mouille sa jupe longue qui se colle froidement à ses jambes. Elle n'ouvre pas la porte à la lumière. Elle n'ouvre que lorsque cet homme revient. Elle se barricade devant cette forêt peuplée de silence, de bêtes, de mystères et d'inconnu. Il comprend qu'elle a peur. Alors, il explique que si Virginie acceptait de sortir dans la lumière du printemps, cette lumière laverait sa peur, comme elle fait disparaître la neige. ''Le printemps, dit-il, fait des miracles''. Il exhibe l'eau sucrée qu'il a recueillie de ses érables. Il la fera bouillir. Elle deviendra du sirop, du sucre à étendre sur le pain. Virginie a peur. Cet homme dit qu'elle pense trop. Elle est abasourdie par ses pensées. Viendra bientôt l'été. Les travaux durs demanderont ses bras. Elle l'aidera à rouler les grosses pierres, à arracher des souches; elle ramassera des cailloux, sciera du bois, dispersera les graines; elle tiendra les guides du cheval s'ils peuvent remplacer celui qui est tombé dans la tempête. Tous ces travaux de la terre donneront moins à penser qu'une neige vertigineuse qui se pose et s'étend pour refléter la lumière blanche où tout s'efface. Chaque soir, elle pourra voir les marques laissées par son labeur; le lendemain, d'autres tâches laisseront d'autres traces et, quel que soit le vent, la nuit n'effacera pas ce qui a été fait dans la journée. Absorbée dans ses travaux, elle aura moins peur. Cette neige autour d'elle et la forêt pesante de silence, ce passé qui s'éveille, ce grand malheur venu s'attaquer à eux ont jeté un tel désordre en elle qu'elle est à la fois jeune comme une enfant et vieille comme la mémoire d'une autre époque. Elle est craintive comme un lièvre qui entend des pas. Pourtant, elle sait qu'elle va tuer son homme. Elle est une jeune femme dans sa cabane posée sur la terre et pourtant, elle tremble de peur, secouée, comme si elle était emportée sur une mer démontée. Elle se souvient d'un moment où son corps et ses pensées étaient agités de remous désordonnés: le jour où elle donna naissance à l'enfant. Aujourd'hui, en cette saison qui donnera la vie à l'été, Virginie n'enfantera pas. Son vertige lui viendrait-il de la mort à donner? Cette fois, Virginie accouchera de la mort. Est-ce tellement différent? Donner la vie l'a conduite à donner la mort. Virginie a peine à marcher sur les rondins éparpillés dans la terre boueuse. Cet homme a promis de rapporter ce soir d'autres branches d'épinettes qu'il étendra sur le sol pour éponger la boue. Elle a trop de pensées pour une si jeune femme. Ses pensées sont trop sombres pour une journée de printemps. Elle ne peut pas ne pas penser. Elle est incapable de sortir dans la lumière nouvelle et l'accueillir simplement. Elle reste dans la cabane. Depuis plusieurs jours, elle n'en est pas sortie. Elle voudrait n'en sortir qu'au moment de donner la mort. Mais il y aura ce jeu de faire comme s'il n'allait pas mourir, de semer comme s'il allait être vivant pour la récolte. La vie ne consiste-t-elle pas à accomplir des tâches comme si nous n'étions pas condamnés à mourir! Agir comme si elle ne devait pas tuer cet homme, n'est-ce pas la meilleure manière de préparer sa mort? Elle le tuera comme si elle n'allait pas mourir un jour. Après avoir fait ce qu'elle devait faire, elle lèvera le regard vers le ciel et attendra son jugement: viendra sur elle la foudre du bon Dieu, ou bien une douce lumière d'été. Dans la charrette qui la menait par les routes raboteuses vers un autre cachot peut-être, plus humide et plus obscur peut-être, avec des gardiens plus brutaux, la Dame avait dû souvent interroger le silence torturant le ciel. Sur le bateau qui la conduisait vers le Nouveau Monde, elle avait dû lever souvent vers le ciel ses yeux de femme libre. Un soldat lui avait tendu les bras et, sur le pont, il la regardait, non pas avec des yeux de chiens féroces et rassasiés de chair, mais avec le regard étonné d'Adam, dans son jardin, lorsqu'il aperçut Eve. Quand cet homme la regarde, il a les yeux doux de celui qui a accepté de mourir. Cet homme a les yeux d'une bête soumise à la mort. Pourtant, il répète encore qu'un homme et une femme ont reçu le don de faire triompher la vie sur la mort, la joie sur la tristesse, et de remplacer un enfant mort par un enfant qui naîtra. "Un homme et une femme peuvent rallumer une flamme éteinte, Virginie. Un homme et une femme sont une source de vie quand y a la mort aux alentours." Elle se tait, elle ferme les yeux. Faut-il croire que ce printemps est réel?

* * * * *

Son père parla longuement des uniformes colorés de la place du Marché et des chevaux qui marchaient au pas comme des hommes disciplinés. Les commandements étaient donnés en anglais, et les chevaux comprenaient cette langue mieux que beaucoup d'hommes dans la ville de Québec. Ses amies, fébriles, racontèrent la démonstration militaire. Les miliciens avaient le corps droit, vif, sculpté et des jambes musclées qui pouvaient marcher jusqu'au bout du pays. Leurs bras étaient capables de briser les os d'un ennemi, mais aussi d'enserrer une jeune fille pendant la danse, avec assez de douceur pour la faire rêver. Ses amies racontèrent avec des rires, avec des soupirs aussi: les soldats étaient beaux dans leur uniforme de fête royale. Tous les garçons, sembla-t-il aux jeunes filles, auraient dû marcher avec cette allure de pouvoir traverser des murs de pierre. Ils avançaient comme si personne d'autre n'existait sur terre. Ils marchaient comme s'ils n'avaient pas vu les jeunes filles aux lèvres rouges comme les fraises des champs; ils tournaient à gauche, ils tournaient à droite, avec des yeux qui semblaient ne pas voir les gerbes de jeunes filles rieuses. Ils avançaient et ils reculaient; leurs mouvements cadencés se faisaient comme s'ils avaient été naturels. Parfois, l'une des demoiselles jurait qu'un milicien l'avait remarquée, parce qu'il avait eu une rougeur soudaine à son visage. Ses compagnes s'esclaffaient, et leurs rires faisaient des pépiements d'oiseaux sur la place du Marché par-dessus les cris de l'officier.

Les fusils rutilaient. Tout à coup, les militaires devenaient immobiles. Seuls les fusils semblaient vivre: ils pointaient, le tonnerre allait sortir de chacune des petites bouches de fer, et l'on tremblait en craignant le coup. Cela éclatait. Quel ennemi aurait résisté à cette puissance tonitruante? La déto-nation vibrait comme un écho dans le corps des jeunes filles. Les soldats, ensemble, repartaient d'un pas triom-phant, comme après avoir mis en poussière quelque forte-resse. Les gens massés autour de la place sentaient que quelque chose avait vraiment été détruit. Oh! tant qu'il y aurait de ces hommes, les femmes seraient en sécurité. Dieu, qui avait fait les femmes fragiles, avait fait pour elles des soldats forts. Ses amies racontaient ce dimanche avec tant de soupirs, tant de rires et tant de silences (le temps d'un rêve) que Virginie regretta de ne s'être pas rendue à la démonstration. À plat ventre sur la courtepointe, elle pleura de n'être pas allée à la fête. Elle n'allait plus jamais revoir son soldat. Pendant la danse, il lui avait dit son nom, Victor, mais elle n'aurait jamais osé, dans ses larmes ni dans ses songeries, l'appeler de ce nom. Pendant le Carême, il était d'usage de faire pénitence pour expier ses fautes. Nul jour ne devait se terminer sans avoir été marqué de quelque privation. Virginie était devenue rêveuse. Tout ce qui était réel pour une jeune fille, comme le ménage, le marché, le rapiéçage, le reprisage, la broderie, le lavage et la vaisselle, semblait devenir irréel; les rêveries semblèrent sa seule occupation véritable de jeune fille. Sa journée aurait dû ressembler à celle d'une femme responsable; non, elle rê-vait. N'était-ce pas une faute contre la loi de la pénitence en Carême que de rêver au lieu de s'adonner avec soumission à ces tâches que le bon Dieu a confiées avec amour aux jeunes filles et aux femmes dans la maison des hommes? Tant de rêverie était une faute. Les parents décidèrent que, pour se faire pardonner par Jésus en croix, Virginie ne sortirait plus avec ces compagnes trop rieuses, frémissantes au moindre souffle du printemps, petites fleurs trop hâtives avant la Passion. Dans le vent qui poussait, sur les pavés, sur la pierre des maisons, des souffles refroidis par les glaces du fleuve, ces jeunes filles portaient déjà leurs robes printanières, à la taille trop serrée, aux jupes trop larges et trop colorées qui étaient des pièges à garçons. Leurs manteaux, ouverts pour accueillir le printemps, laissaient voir la forme de leur corps qui ne devait selon les prêtres, n'être vu par l'homme ni le jour ni la nuit. Il serait désormais interdit à Virginie de se joindre à ces jeunes filles trop joyeuses qui offensaient les lois de la mortification, de la modestie et de la pudicité. En ce Carême, au lieu de réfléchir à la douleur du Christ supplicié avant de mourir sur la croix, elles ne pensaient qu'aux garçons, aux danses et aux fugues dans les bosquets de la Ville haute, là où bien des libertines avaient connu ce qui aurait dû demeurer mystère jusqu'à la révélation du mariage. Virginie n'eut plus la permission de sortir avec celles qui riaient comme si, au bout du Carême, Jésus-Christ n'allait pas mourir sur la croix. Ses parents lui interdirent d'avoir trop de joie sur ses joues, alors que le jeûne devait insinuer la tristesse dans les corps et assombrir les visages. Ces jeunes filles rêvaient de beaux garçons en fins costumes semblables à ceux du magazine américain sur lequel Virginie s'était penchée tous les soirs de cette semaine; elles imaginaient, ignorantes, que les beaux jeunes hommes en fins habits allaient quitter les pages du magazine pour venir leur baiser la main. Elles avaient tant de fantaisies en elles qu'elles ne pouvaient regarder la vie comme elle est: un chemin semé d'embûches et de travaux et de souffrances, ainsi que le disaient les prêtres, mais aussi un chemin qui mène au paradis céleste, si l'on accepte les épreuves avec soumission et si l'on offre sa souffrance à Dieu afin qu'Il pardonne les fautes. Ces jeunes filles oubliaient l'enseignement des prêtres et voyaient la vie devant elle pleine de fantaisies; ces mirages leur échauffaient les sens. Il fallait protéger Virginie. Pendant les quarante jours du Carême, ses parents lui interdirent les promenades dans les rues de la ville animées déjà de l'espérance enjouée du printemps. Il lui fut interdit de porter ses toilettes neuves. Lorsque le Christ avait le corps couvert de plaies et de blessures béantes, ce n'était pas le temps de se vêtir de velours doux, de rubans, de boutons délicats et de broderies: le corps devait refléter la pénitence qu'on lui imposait. Virginie était triste. Enfermée dans la maison de ses parents, elle était occupée à des travaux de mère. Comment se trouverait-elle un mari si ses parents l'enfermaient? Elle était vraiment prisonnière de ses parents, condamnée aux travaux forcés du ménage; elle frottait des vêtements malpropres dans de l'eau savonneuse, pelait les pommes de terre et astiquait le plancher de bois, se blessant d'échardes, s'égratignant aux clous forgés, se brûlant dans l'encaustique. Elle fut privée du droit de s'adonner à la joie simple de n'être plus une enfant sans être déjà une femme, ivre du bonheur d'être une jeune fille pour qui la vie se voulait plus belle que jamais. Assise près de sa mère, sans parler la plupart du temps, parce que sa mère récitait les prières qu'elle craignait n'avoir pas le temps de dire plus tard, Virginie brodait des fleurs sur la nappe qu'elle déposerait, lorsque terminée, dans un grand coffre de cèdre, attendant le jour de son mariage. Elle prendrait le premier repas avec son mari sur cette nappe, puis, après l'avoir lavée, elle la rangerait dans le coffre, et ils ne mangeraient plus sur cette nappe brodée qu'en de grands moments de leur vie, comme les jours de naissance ou de mortalité. Lorsqu'elle avait les doigts engourdis d'avoir trop brodé ou lorsque ses yeux étaient brûlés d'un feu qui l'empêchait de voir le fil sur la toile, elle prenait le magazine que lui avaient prêté ses amies et le feuilletait encore; elle s'arrêtait aux gravures de mode qui montrait les vêtements portés dans les grandes villes et s'attardait, comme toutes les fois, à la contemplation de ces vêtements qu'on ne voyait pas dans la ville de Québec. Elle aurait voulu comprendre l'écrit, mais ce n'était pas sa langue. Alors, elle examinait le dessin. Parfois, elle saisissait un mot écrit en italique, en sa langue. Sa mère, soudain, interrompait sa prière pour reprocher à sa fille ses rêveries volages qui étourdissent les filles et les écartent du droit chemin tracé par le bon Dieu. Sa mère la rabrouait avec des paroles que Virginie avait souvent entendues à l'église, dans la bouche du prêtre. Elle écoutait sans rétorquer. Elle posait son magazine et reprenait son cerceau et son aiguille; sa mère reprenait ses prières. Virginie se sentait prisonnière comme cette Dame de l'ancien temps, dont on avait si souvent raconté l'histoire, une histoire usée tant elle était vieille, une histoire trouée par le temps, qu'il était impossible de comprendre tout à fait. La Dame avait des chaînes aux chevilles. Peut-être Virginie n'était-elle pas vraiment prisonnière puisqu'elle n'avait pas de chaînes, mais elle devait rester à la maison et que lui restait-il, sinon de rêver? Appliquée, elle formait à petits points le pétale d'une fleur sur la nappe. Qui mangerait avec elle sur cette nappe brodée? Tant de mois seraient nécessaires pour achever cette nappe, il restait tant de fleurs et de grappes à sculpter dans le fil délicat! Mais déjà elle la voyait bien empesée, tendue sur une table, avec ses plis rectilignes. Devant elle, à la table, elle voyait ce beau soldat qui, le soir du Mardi-gras, l'avait tenue dans ses bras. Toutefois, il semblait à Virginie que le soldat n'existait que dans le rêve de cette merveilleuse danse du Mardi-gras et qu'il ne viendrait jamais dans la vie réelle.

* * * * *

Cet homme, un jour, bondira dans la cabane, s'élancera sur elle et, comme se donne un coup de poignard, il lui enfoncera sa semence dans le ventre. Elle criera, elle griffera, elle se débattra; il lui fera un enfant parce qu'il croit, cet homme, qu'un enfant aura le don de changer en fleurs la couronne d'épines posée sur la tête de sa femme une nuit d'hiver. Cette fois, il ne parle pas: il lutte, tous muscles tendus, contre une souche, comme si la souche était un être vivant à vaincre. Virginie sent l'obsédant désir de cet homme, derrière elle, comme une bête tapie, muette, toutes griffes sorties dans l'attente de s'abattre. Cet homme ne peut voir le passé; pour lui, les choses cessent d'être en s'effaçant. Pour lui, le chemin tracé entre les épinettes a disparu avec la neige qui le recouvrait, et cette nuit où le grand malheur a frappé s'est évanouie avec l'aube qui l'a chassée. Cet homme ne peut voir que les saisons qui viendront, les années futures qui apporteront des moissons dans la brande et à la place des épinettes serrées qui seront abattues. Il veut des enfants dont les yeux regarderont le combat de leur père contre la forêt. Il a oublié que, du fond d'une nuit sans jour, un enfant regarde son père avec des yeux qui ne verront jamais les moissons et que, au fond de l'infranchissable nuit, cet enfant ne pourra se rappeler que d'une bourrasque sans fin jetant sur lui une neige qui, s'accumulant peu à peu sur son petit corps, était devenue aussi noire que l'épaisse nuit. Non, donner la vie à un enfant ne donnera pas la vie à celui-là, disparu dans des neiges qui n'existent plus. Elle se tait. Elle donnera la mort plutôt. Elle attend. Un jour, il s'emparera d'elle pour lui injecter sa semence d'homme; elle sera forte, plus forte qu'un homme violent, plus forte qu'un homme incendié par son désir de mâle, plus forte que la bête féroce en cet homme. Si elle acceptait de donner la vie, pourrait-elle jamais donner la mort? Pour punir cet homme, elle doit se souvenir de l'enfant perdu dans la tempête. La neige n'est plus qu'un souvenir froid et blanc. Les feuilles aux arbustes ont éclaté dans les bourgeons. Les moustiques réveillés sont montés de la terre humide en nuages affamés. Cet homme ne sent pas dans son visage les centaines de petits dards assoiffés de sang. Il semble avoir la peau faite de bois. Le soleil éclaire la forêt. Sur ses épaules, cette lumière pèse comme un sac. La sueur coule sur son visage, où se mêlent la terre et la résine d'épinette. Il se tait aussi. Il travaille avec la violence et la patience d'un cheval. Cet homme noir, elle le fuirait de peur si elle ne devait attendre pour lui donner la mort. Pourtant, elle a déjà rougi, timide, devant cet homme. Elle le regarde s'acharner. Elle espère qu'il ne l'a pas vu rougir. S'il l'a remarqué, il doit l'avoir oublié puisqu'il oublie tout. Lorsqu'il aura été terrassé et qu'il sentira la mort partir de son ventre et monter vers sa tête, quand il aura compris qu'elle a déposé dans son ventre la semence de mort et qu'il implorera le ciel avec des yeux semblables à ceux de l'enfant dans la neige, elle ne rougira pas s'il agonise à ses pieds. Il l'appelle. Elle obéit comme une femme qui ne se propose pas de tuer son homme. Une autre souche à arracher. Si le cheval n'avait pas aussi été perdu dans la tempête... Cet homme donne des ordres. Parlerait-il différemment au cheval? Il est pressé. Comme s'il allait vivre assez longtemps pour récolter. Les souches agrippées de toutes leurs racines à la terre, il faut les arracher. Sans cheval. Sans boeuf. Victor enfonce sous la souche un tronc de jeune érable; il roule sous ce tronc une bûche qui servira d'appui et saisit l'extrémité supérieure du tronc. Il appelle sa femme à l'aide, et tous deux, comme deux bêtes de trait, dans le nuage de moustiques, sous la pesante lumière, tirent, halent pour abaisser le levier vers le sol et arracher la souche dont les tentacules rampent sous la terre pour s'agripper. Au bout de leur levier, Virginie et cet homme doivent se faire plus lourds et plus forts que la souche qui a porté un arbre et ses branches pendant une centaine d'années de vents et de saisons. L'érable plie. Ils tirent plus fort encore; ils pèsent: la souche a bougé. La souche est moins forte que ces quatre bras frémissant d'effort, ces deux corps essayant de peser plus que leur poids, ces quatre jambes arc-boutées. Tout à coup, la terre se déchire et la souche semble une grosse bête morte tirée de son terrier. Cet homme a vaincu. Il est fier, il sourit. Virginie se tait et, l'air soumis, marche vers une autre souche. Cet homme recommence à parler dès qu'il a retrouvé son souffle. Virginie n'écoute pas; qu'importe la terre belle et riche, la jachère, les champs remplis de blé et d'animaux, les semailles et les moissons, pour un homme qui va mourir et pour une femme qui doit donner la mort?

* * * * *

À la fin du Carême, le Christ avait eu son agonie douloureuse; Il était mort et était ressuscité le jour de Pâques. Les péchés des hommes avaient été rachetés. Il n'était plus nécessaire de faire pénitence. Ses parents redonnèrent à Virginie la permission de sortir avec ses amies les dimanches après-midi. En groupe, comme un bouquet de fleurs fraîches, elles allaient à petits pas vers la place du Marché. Elles se moquaient des garçons qu'elles voyaient venir, qui toujours semblaient à l'une d'elles ridicules ou démodés, mais elles rougissaient si l'un d'eux levait le regard sur elles. Le garçon passé, elles pépiaient, assurant qu'elles n'avaient pas éprouvé de frissons. Parfois, le garçon portait l'uniforme de la milice. Alors, Virginie n'avait plus de jambes. Elle ne pouvait plus suivre ses amies. Elle croyait apercevoir ce soldat qui l'avait si longtemps tenue dans ses bras le soir du Mardi-gras. Le milicien s'approchait. Ce n'était pas le sien. Le jeune homme passait, et Virginie avait plus de rougeur aux joues que ses amies. Elle s'impatientait lorsque ses amies se moquaient: "Elle le voit à chaque coin de rue, mais il n'est que dans sa tête!" Elle avait envie de se sauver pour échapper aux taquineries, mais elle s'efforçait de jouer l'indifférente. "Les miliciens courtisent les filles comme ils font la guerre, tandis que les garçons de bureaux savent leur parler", disait-elle en ne croyant pas ce qu'elle disait. Un dimanche, lorsqu'elle poussa la porte, un étranger était dans la maison. Elle vit, dans la chaise berceuse, le dos d'un homme qui parlait à son père en ne se berçant pas. Sa mère lui avait appris les bonnes manières: elle devait saluer le visiteur et se retirer ensuite sans troubler la conversation des adultes. Elle s'approcha donc du visiteur qui, la sentant venir, cessa de parler et se leva; Virginie ne prononça pas un mot et elle courut vers sa chambre. Son soldat était dans sa maison! Quand les parents de Virginie virent ce robuste jeune homme, ce soldat qui avait parcouru les forêts, rougir en apercevant leur Virginie, ils échangèrent un regard et sourirent. Le visiteur n'avait plus besoin d'expliquer, de prendre toutes les précautions qu'il déployait depuis son arrivée, ni de s'engager dans ces détours compliqués qu'il imposait à son récit. Il commença à parler simplement. Dans sa chambre, Virginie s'était écroulée en travers du lit. L'espace entre la porte d'entrée et sa chambre avait semblé infranchissable à ses jambes amollies. Son coeur battait comme s'il avait voulu s'échapper de sa poitrine trop menue. Le bruit de son coeur résonnait dans sa tête. Le visiteur, de l'autre côté de la cloison, lui semblait aussi irréel que ces miliciens qu'elle avait vus apparaître dans les rues de la ville et qui n'étaient jamais son milicien. Elle n'avait jamais douté le retrouver un jour. Maintenant, il était assis dans sa propre maison. Elle écouta sa voix forte d'homme qui, à l'entendre, paraissait plus vieille que son visage. Cette voix semblait être une voix de père et non de jeune homme. Virginie ne pouvait pas croire à la réalité: il était là, dans sa propre maison, assis dans la chaise où elle s'était souvent bercée, ses bottines posées sur le plancher que ses mains avaient fourbi. Et cette voix, la voix de son soldat s'immisçait jusque dans sa chambre, dans son lit: ''Une expédition semblable, mon cher monsieur, un homme a pas la bénédiction d'en faire plusieurs dans sa vie; par mon métier de soldat, j'ai eu l'occasion, mon cher monsieur, d'aller visiter le pays jusqu'à très loin de la ville de Québec. J'ai voyagé aussi loin que pouvaient nous conduire parfois les canots au bout des rivières, mon cher monsieur. Parfois, on a marché dans des forêts profondes jusqu'à la limite où les arbres étaient trop serrés les uns contre les autres pour laisser passer un homme même sur le can, mon cher monsieur. Je suis allé à pieds jusqu'au bout de pas mal de routes du pays; ça fait que, mon cher monsieur, j'ai eu l'occasion de connaître le pays. Si je dis à quelqu'un: icitte, c'est la plus belle place du pays, ce quelqu'un est pas obligé de me croire, mais s'il a pas voyagé autant que moé, je suis pas obligé non plus de me laisser contredire. Mon cher monsieur, je vous dis, moé, j'ai trouvé la plus belle place du pays et, comme y a rien de bâti à cette place, j'ai décidé, mon cher monsieur, de me bâtir une cabane. Je vas acheter le territoire, je vas mettre mon nom dessus, mon cher monsieur, je vas le défricher, et c'est là que je veux vivre ma vie, mon cher monsieur, et c'est là que je veux placer ma descendance. Y a bien des pierres dans la terre, mais mon cher monsieur, c'est là que je veux vivre: y a là, mon cher monsieur, autant d'épinettes qu'un homme pourrait aimer en coucher; y a là autant de montagnes qu'un homme pourrait aimer en traverser. C'est dans cette forêt-là, mon cher monsieur, que j'ai envie de couper le bois pour bâtir ma maison et ma grange. C'est dans cette forêt-là, mon cher monsieur, que j'ai envie de tailler mon chemin d'homme. Je vous assure, mon cher monsieur, que le ciel au-dessus est assez beau pour vouloir être enterré dans cette terre-là, à la fin de mes jours. C'est une terre, mon cher monsieur, qui a besoin d'hommes. Semer des enfants dans cette terre-là va nous donner une race coriace; cette terre-là, mon cher monsieur, elle est rocailleuse, elle est rude, elle est broussailleuse. Y a des marécages; elle est abrupte. C'est une terre, mon cher monsieur, pour un homme qui aime la vie quand la vie est difficile. Un homme, mon cher monsieur, quand il aperçoit ce pays-là, il a pas envie d'errer plus loin: il s'arrête, il bâtit sa cabane avec les épinettes qu'il abat tout autour, il la colmate avec de la mousse, il va peler quelques bouleaux pour recouvrir les murs et le toit, et maintenant qu'il a pris possession du territoire, il va faire enregistrer ça dans les papiers officiels. S'y avait, dans le monde, une plus belle place pour vivre, mon cher monsieur, je serais pas venu vous raconter tout ça; je serais encore occupé à la chercher. Le bon Dieu m'a conduit par la main. Voyez-vous, mon cher monsieur, tenir un fusil dans ses mains suffit pas à un homme que le bon Dieu a créé et mis au monde quand Il aurait ben pu pas le créer et pas le mettre au monde. Un homme doit cultiver la terre et faire des enfants. Un homme peut faire autre chose que cultiver la terre et faire des enfants. Un homme peut faire autre chose que cultiver la terre, mais si la terre est pas cultivée, mon cher monsieur, aucun homme n'est capable de vivre. L'homme est un animal qui mange, mon cher monsieur, et si la terre était pas cultivée, mon cher monsieur, il mangerait son prochain. Et puis moé, je suis d'un pays où on cultive la terre. C'est la seule chose que je sais faire. Je me suis sauvé de la maison paternelle; je suis allé tirer des coups de fusil un peu partout dans le Bas-Canada parce qu'il paraît, mon cher monsieur, qu'en temps de paix le bruit du fusil fait peur à la guerre. Un homme a son destin écrit par la main du bon Dieu, mon cher monsieur, et mon destin est de retourner cultiver la terre. Le jour du lendemain du Mardi-gras de cette année, j'ai participé à la démonstration militaire sur la place du Marché, puis après, j'ai demandé ma libération et je suis retourné dans mon village où ma famille cultive la terre depuis trois générations. Là, j'ai appris qu'on cherchait des hommes pour accompagner un groupe de moines qui s'en allaient construire un monastère là-bas, vers les montagnes, dans la forêt, plus loin que le lac Etchemin. Pas de chemin, mon cher monsieur, pas de sentiers, mais des marécages, et des buttes, et des branches piquantes comme des épines et serrées comme du tissage. Et des maringouins! Y en avait plus qu'y a de poux sur la tête d'un misérable. Affamés, les maringouins: plus que le misérable lui-même, mon cher monsieur. Les hommes se disaient: ils sont fous, ces moines! Je prie le bon Dieu qu'Il nous pardonne. On pouvait pas savoir, mon cher monsieur, qu'ils étaient inspirés par le bon Dieu. La main du Bon Dieu les avait guidés. Et mon domaine, mon cher monsieur, il est pas loin de là où sera construit le monastère. Le bon Dieu va semer les bénédictions sur le monastère comme de la bonne graine bienfaisante; y en a bien quelques-unes qui vont être poussées par le vent pour tomber sur ma terre et sur ma cabane. Ah! mon cher monsieur, la main du bon Dieu nous a montré le chemin à travers une forêt, mais elle l'a pas tracé! Tout le bagage, mon cher monsieur, a été transporté à dos d'hommes. Un homme qui a vécu la vie de la milice peut faire ça sans trop blasphémer, même s'il est enfoncé jusqu'à la ceinture dans un marécage. Chaque pas, mon cher monsieur, a été gagné par un coup de hache. Pour faire un pas, il fallait souvent coucher un arbre. Au bout de la route, y aura un monastère d'hommes du bon Dieu, y aura un nouveau village. Les hommes avancent dans le pays, et les bêtes sauvages reculent. Le bon Dieu m'a donné la vie; Il m'a donné une belle terre où je veux vivre la vie qu'Il m'a donnée. La vie et une terre, ça fait deux cadeaux ben généreux de Sa part. Si vous vouliez, mon cher monsieur, être d'accord pour m'accorder la main de mademoiselle Virginie, votre fille, ça me ferait un troisième cadeau ben précieux. J'en prendrais un ben grand soin. Pour la mettre à l'abri, j'ai pas un château, mais une cabane de rondins. Le bon Dieu nous aimera, mon cher monsieur, mademoiselle votre fille et moé, et je serai capable de donner plus tard une maison à votre fille. C'est ça que je voulais vous dire, mon cher monsieur, et je suis venu pour vous le dire. J'ai parlé assez longtemps; vous connaissiez à cette heure tous mes défauts. Si le bon Dieu m'a donné des qualités, vous les avez aperçues aussi, et vous savez si vous voulez que je sois votre gendre. Mon cher monsieur, si vous voulez que je devienne votre gendre, et si le bon Dieu a fait mademoiselle Virginie pour que je la protège dans la vie, le mariage pourrait avoir lieu dans la première semaine de juin: c'est une bonne saison pour les mariages. Je vous l'enlèverais pas tout de suite; après le mariage, je vous la laisserais. Je repartirais vers ma terre défricher et préparer la venue de ma femme sous mon toit. Je travaillerais pendant l'été, pendant le prochain automne, pendant l'hiver, et je reviendrais vers la fin du mois de mars pour l'amener avec moé. À ce temps-là, elle portera peut-être, si le bon Dieu le veut, un enfant dans ses bras.''

* * * * *

Au lieu de s'acharner à retourner la terre à la pioche, au lieu de s'arracher les bras à déchiqueter la tourbe coriace, au lieu de suer des jours et des jours à lever cette pioche, à chaque coup, plus lourde, au lieu de lancer dans le ciel des insultes au bon Dieu quand sa pioche heurte un caillou ou s'empêtre parmi les racines tenaces de la laîche et des aulnes qui s'emmêlent depuis le début du monde, au lieu de s'entêter à faire le travail d'une bête en souffrant comme un homme, pourquoi cet homme ne va-t-il pas au monastère emprunter un boeuf et une charrue? Il n'ira rien emprunter aux moines; s'il n'avait pas de pioche, cet homme labourerait avec ses doigts et ses ongles, et s'il n'avait pas de mains, plutôt que d'aller demander de l'aide, il mâcherait la terre avec ses dents. Aller emprunter un boeuf et une charrue aux bons moines? Il ne veut pas être jugé encore une fois. Il ne veut pas être jugé parce qu'il a déjà oublié cette tempête de neige. Il a oublié l'enfant. Cet homme, qui ne pense qu'aux moissons, n'a pas de mémoire. Ce qu'il a oublié n'existe pas. Les bons moines sont justes; ils savent quelle faute cet homme a commise contre la vie. Un tel homme peut-il ne pas attirer sur la terre la malédiction du bon Dieu qui doit regretter, dans Sa sagesse, d'avoir créé un homme incapable de garder la vie qu'Il a donnée à un enfant? Il n'a pas voulu se confesser aux bons moines qui auraient effacé son péché. Il a voulu l'effacer lui-même par l'oubli. Il n'est pas retourné au monastère depuis la nuit du grand malheur. Il a trop de tâches, dit-il. Il ne veut pas rencontrer ceux qui ont une mémoire. Alors, il laboure la terre à coups de pioche. Il est seul contre la terre. Il sera seul jusqu'à ce jour où elle lui infligera son juste châtiment. Il sera seul quand il mourra. Il est encore plus seul d'être avec une femme qui ne lui pardonne pas. Souvent, la terre retient la pioche. Il doit la lui arracher dans un dur combat; il s'acharne comme si l'enfant était encore vivant; il s'attaque à la terre comme si elle ne contenait pas son enfant; il travaille comme s'il n'avait pas tué. Rentrée dans la cabane, Virginie prépare l'ail sauvage. C'est une plante que lui a enseignée cet homme, à la fois amère et sucrée: dans la milice, il l'avait connue durant les longues marches en forêt: ''Cette plante-là, Virginie, elle est pas poison, c'est un doux cadeau que le bon Dieu nous a fait.'' Il sait qu'elle va mettre fin à ses jours. Elle ne lui a pas parlé depuis le grand malheur. Un tel silence ne peut cacher que la mort, doit-il se dire. Pourquoi la mère parlerait-elle quand l'enfant est silencieux jusqu'à la fin du monde? Pourquoi la mère parlerait-elle à celui qui a projeté l'enfant dans le silence? Ressemblait-il à cet homme? Lui ressemblait-il? Quelle était la couleur de ses yeux? Les yeux d'un enfant changent. Elle ne se souvient pas. Elle ne se souvient pas du son de sa voix, ni du son de ses cris dans la nuit de la maison; il semblait appeler au secours. Était-il, déjà terrorisé par l'épouvantable nuit où il allait bientôt se perdre? Elle voudrait le tenir dans ses bras, lui donnant à boire, palpitant et suspendu à son sein. Son lait était le sang de ce petit coeur agité qui, sans lui, n'aurait pas pu battre. Elle donnait son lait et elle était heureuse. Son coeur battait aussi dans le petit coeur assoiffé. Elle était heureuse. Le bon Dieu l'avait créée et mise sur la terre pour tenir cet enfant dans ses bras et pour lui donner à boire afin de le maintenir en vie. Elle avait été créée pour sauvegarder la vie de cet enfant. Le bon Dieu avait donné la vie à l'enfant, mais elle avait la tâche de la perpétuer. Elle devait l'accompagner, jusqu'à ce qu'il se sépare d'elle pour entrer dans le monde des hommes. Elle était née pour cet enfant, sorti de son ventre. Elle ne connaissait pas d'autres raisons d'être sur terre. Portant son enfant dans ses bras, elle marchait dans les rues de Québec comme si elle avait été une reine. Elle ne rougissait plus quand un homme la regardait. Elle connaissait une chose qu'il ne pourrait jamais connaître, un savoir qui n'était accessible qu'aux mères. Autant de fierté, elle n'en avait jamais autant connu dans son corps. Celle d'être jeune et jolie lui semblait fade, maintenant qu'elle savait l'honneur de porter, dans la lumière d'hiver, un enfant venu de son ventre. Elle le portait, non pas depuis qu'un homme l'avait ensemencé, mais depuis le jour lointain où sa mère lui avait appris que les petites filles, lorsqu'elles sont devenues grandes et lorsque c'est la saison, comme pour les fruits, donnent vie à des bébés, alors que les garçons ont des bras forts et font des ouvrages épuisants qui les font ronfler sourdement, la nuit. Cet enfant dans ses bras, elle en avait si souvent rêvé, elle l'attendait depuis si longtemps qu'il avait presque le même âge qu'elle. Elle devait lui apprendre tout ce qu'elle avait appris depuis le temps où elle était aussi petite que lui; elle pensait à cela lorsqu'elle se promenait dans la rue, non plus pour se faire remarquer par les jeunes gens qui sentaient monter en eux la fièvre des épousailles, mais pour donner à cet enfant de l'air du pays, lui faire respirer l'air du fleuve, qui donnait sa force aux hommes du pays de Québec. Aujourd'hui, les doigts de Virginie, écorchés aux arêtes des pierres ramassées, se brûlent sur l'ail sauvage; elle s'applique. Elle songe à un petit fardeau chaud au creux de son ventre. Vraiment son ventre doit se rappeler la présence de l'enfant. Elle essuie ses mains et touche son ventre à travers l'étoffe. Elle caresse un souvenir. Elle touche longuement. Son ventre ne se souvient de rien. Quand elle croit se souvenir, elle succombe à la maladie des personnes seules qui croient entendre des bruits ou qui s'imaginent ressentir des douleurs. Elle ne se souvient pas d'un enfant, mais d'une rafale sur leur vie. Au milieu de la forêt, où le vent apporte les bruits lointains des marteaux, des haches et des billes jetées l'une sur l'autre pour construire le monastère, Virginie est seule comme elle le sera, lorsqu'elle sera enchaînée pour avoir accompli sur terre la justice que le bon Dieu a déjà rendue dans le ciel: seule comme l'est une mère qui a perdu son enfant. Elle s'imagine des souvenirs. Elle ne se souvient même pas de la déchirure de son corps quand l'enfant est né. Elle voudrait pouvoir se souvenir de la douleur; ce serait retrouver un peu la vie de l'enfant. Elle ne voit que la neige qui tombait sur la terre et sur les cris d'une femme. Cet homme revient: elle entend ses pas; les broussailles craquent sous ses pieds. L'hiver, à cause de la neige, elle ne l'entendait pas revenir, sauf lorsqu'il chantait l'une de ses chansons apprises à la milice et qui lançait aux échos des mots grossiers comme si le bon Dieu n'était pas dans Son ciel pour les entendre. L'été revenu, cet homme écrase tout ce sur quoi ses pieds se posent. Ses mains pèlent l'ail sauvage. Il va pousser la porte: elle entend ses pas devant la porte. Il s'arrête: qu'est-ce qu'il écoute sans marcher? Son épaule frotte la porte. Il doit avoir aperçu un petit animal qu'il guette. Peut-être hume-t-il l'odeur de la perdrix qui rôtit dans le poêle? Peut-être se prépare-t-il à lui expliquer encore pourquoi il faudrait faire un enfant. D'autres craquements. Il a recommencé à marcher. Son épaule se frotte encore sur l'écorce de bouleau lambrissant la cabane. Son souffle est fort. Il a couru. Pourquoi se penche-t-il? A-t-il aperçu quelque animal qui creuse sous le mur? Son souffle est haletant comme s'il avait couru. Pourquoi ne parle-t-il pas? Cet homme transforme la vie en paroles. Pourquoi se tait-il? Elle ne lève pas les yeux. Elle sait qu'il regarde par la fenêtre. Durant le jour, on relève la toile qui bouche le carreau percé dans le mur. Pourquoi cet homme l'épie-t-il comme un geôlier à travers le carreau? Il s'agrippe au bois: elle l'entend gratter le bois comme s'il avait des griffes. Des griffes? Elle lève la tête. Un ours. Sa tête est passée dans l'ouverture. Elle remplit presque la cabane. Avant de pouvoir reculer, elle hurle. Les yeux de l'ours brillent d'éclats rouges. Il ouvre la gueule: ses dents brillent comme du feu. Gueule ouverte, la tête de l'animal est plus grosse encore. Virginie hurle de toute sa terreur, les poumons étreints par la peur. La grosse tête se tourne d'un côté, de l'autre, la grande gueule rouge cherche une proie. Cette tête est si grosse qu'elle pourrait, d'un seul soubresaut, arracher le toit. L'ours est coincé à l'encolure. Il ne pourra entrer par cette ouverture trop étroite. S'il s'entête, il va démantibuler le mur. Les rondins vibrent déjà. Il gronde d'un plaisir massif. Il flaire la grasse odeur de la perdrix rôtie. Il s'affole de se sentir coincé entre les bords de la fenêtre. Il grogne. Virginie est poussée en arrière par la puissance de cette voix. Dans cette grosse tête poilue, les yeux sont très brillants, mais ils semblent ne pas voir. C'est atroce que d'être regardé par des yeux qui ne voient pas mais qui brillent. Les gros bras poilus et les griffes qui brillent comme des crocs cherchent à attraper ce que les deux petits yeux rouges ne voient pas. Il y a de la colère dans ces yeux aveugles. C'est plutôt la gueule de l'animal qui voit. Sa gueule est un gros oeil rouge entre des paupières de crocs qui brillent. Virginie ne saurait nulle part se cacher de cette gueule qui la voit et qui sent l'odeur de son corps de femme. Elle s'aplatit dans l'encoignure. Elle appelle, elle hurle pour être entendue de cet homme à qui elle n'a pas dit un seul mot depuis cette nuit de grand malheur. Elle crie plus fort que le silence auquel elle a condamné cet homme; elle crie comme si toutes les paroles retenues dans son silence jaillissaient parce qu'elle va mourir. Le mur ne peut la protéger de cette gueule sanguignolente, de ces yeux aveugles et de ce corps puissant qui enfonce les rondins et casse les jointures. Cet homme bêche la terre où il veut semer ses premières pommes de terre qui, dit-il, seront prêtes à faire bouillir en août. En août, il n'y sera plus. Y sera-t-elle si l'ours renverse le mur? Elle hurle aussi sauvagement que la bête grogne. La bête est chaude comme un poêle. L'animal hume l'odeur de sa chair de femme. Elle hurle. Cet homme entendra-t-il son appel, ou sera-t-il sourd comme pendant une certaine nuit de neige et de vent? Elle crie pour appeler. Elle crie pour apeurer cette bête féroce qui renverse le mur de la cabane. La toiture s'abaisse en craquant. Elle sera prisonnière avec l'ours, écrasée sous la toiture abattue et les murs éboulés. Elle hurle. Cet homme viendra-t-il lui sauver la vie? Si Dieu veut que justice soit rendue, Il ordonnera à cet homme qui bêche paisiblement la terre de venir sauver la vie de la femme qui le punira de mort. Elle ne veut pas mourir maintenant. Elle sera châtiée quand elle aura fait justice à cet homme, mais elle ne veut pas subir le supplice avant d'avoir fait justice. Elle ne veut pas être torturée par la gueule rouge de cet animal noir. Elle hurle, elle implore l'homme qu'elle doit tuer de lui sauver la vie. Quand l'animal ouvre la gueule, l'odeur de la nourriture pourrie dans son estomac lui jaillit au visage. La femme ne vit plus que dans son cri. L'ours grogne, puis, soudain, ne grogne plus, mais geint et pleure; son gros corps enveloppé de fourrure est secoué de soubresauts. L'énorme tête aux yeux brillants n'essaie plus d'entrer dans la cabane. La bête se contorsionne pour s'arracher de la fenêtre. Elle recule. Le mur et le toit se tordent. Virginie entend la voix de l'homme, mais elle reste figée dans l'encoignure comme si l'immense bête la menaçait encore. Elle entend des cris, des injures. L'homme est venu à son secours; il invective l'animal. Elle l'entend blasphémer. Son corps vacillant sur ses jambes engourdies de peur, elle titube jusqu'à la fenêtre. La fourrure noire de l'ours est tachée de sang. L'ours est debout, géant, et cet homme attaque à coups de bêche la bête sauvage. Il frappe. Le sang jaillit. La bête se plaint. Il l'injurie et frappe. La bête abat sa patte puissante. Il frappe et blasphème. Il a du sang sur lui. Est-il blessé? Il crie. S'adresse-t-il à l'animal ou à elle? Il frappe. La bêche s'enfonce dans la fourrure et la chair grasse s'ouvre en saignant.

L'ours grogne. Il appelle à son secours tous les ours de la forêt. Les genoux de cet homme plient. Il s'écrase au sol. La bête n'ose avancer, car la bêche est encore menaçante; debout, elle se remet à quatre pattes. Son grognement n'est plus de souffrance, mais de furie. L'ours marche autour de l'homme écroulé. Il n'est plus menacé. Il cherche par où attaquer sans recevoir le coup de bêche. Il saigne. Sa fourrure est plus rouge que noire, mais il ne s'en soucie pas: il va tuer cet ennemi écrasé au sol. La justice de Dieu sera-t-elle accomplie par une bête sauvage? Virginie pourrait laisser l'ours punir de mort cet homme. Elle courrait ensuite raconter au monastère comment cet homme a été tué par un ours, et les moines, avec leur petite voix chuchotante, expliqueraient que Dieu, dans Sa sagesse, a décidé que l'homme devait être tué par un ours; ils expliqueraient que ce qui arrive sur terre peut paraître un mystère aux humains, mais que tout arrive par la volonté de Dieu qui est sagesse et justice. Si l'ours met cet homme à mort, personne ne la condamnera, comme la Dame, à porter des chaînes à ses chevilles. Virginie n'a jamais touché à un fusil. Le fusil est dans le coin, debout, toujours chargé. Elle le saisit, cherche l'endroit où il faut introduire son doigt et presser; elle sort. L'ours a décidé d'attaquer à la tête l'homme incapable de se remettre sur pied et qui brandit la bêche. Virginie s'approche. L'ours ne se préoccupe pas d'elle. Sa gueule est ouverte. Ses mâchoires ont pris la mesure du crâne de l'homme. Virginie, sans crainte aucune, touche l'animal avec son fusil. Il grogne. Virginie recule d'un pas et presse la détente: du sang chaud l'éclabousse au visage. Un coup de tonnerre gronde en écho dans la forêt. La bête s'écrase. Un profond désir la saisit de parler. Elle tourne le dos à l'homme et à la bête écroulés. Elle se tait. Jetant le fusil, elle rentre dans la cabane.

* * * * *

Pourquoi Virginie n'a-t-elle pas abandonné l'homme à la bête féroce? Pourquoi est-elle poussée vers cette mort comme un bourgeon vers sa feuille? Que comprend-elle? Lorsque l'on racontera son histoire, plus tard, dans les veillées, l'on ne se souviendra que du bruit de chaînes à ses chevilles. L'on ne comprendra pas plus qu'elle ne comprend. Et cette forêt alentour, aussi vaste que sa solitude de femme qui se tait; cette forêt dont elle n'aperçoit que la lisière autour de la cabane, mais qui s'étale comme une mer! Il suffirait d'un petit soubresaut, de quelques vagues, et la cabane serait recouverte d'un roulement de branches vertes et noires, elle s'effondrerait dans un remous d'ombre, d'aiguilles et d'écorce. Même si elle était un oiseau capable d'escalader le ciel, elle ne pourrait voir entièrement toute l'étendue de la forêt. Elle est si grande, lui a-t-on dit, qu'elle déborde sur l'autre pays. Que sortira-t-il encore de cette forêt? Pendant l'hiver, des bêtes affamées venaient rôder autour de la cabane, la nuit. Dans les rêves de Virginie, elles rôdaient aussi. Combien y a-t-il d'ours encore dans cette forêt qui hument l'odeur de la cabane où mijote la viande? Dès que la neige a fondu, la forêt a libéré ses moustiques. En nuages noirs, ils se sont abattus. Forcenés, il s'insinuent partout. Il serait impossible de vivre dans la cabane envahie, si ce n'était pis à l'extérieur. Ils attaquent, ils harponnent, ils dardent. L'étoffe ne leur résiste pas. Ils mordillent avec leurs petits crocs, ils vrillent leurs lèvres aiguës pour boire le sang, loin dans la chair; ils piquent les nerfs, ils pénètrent dans les oreilles, éperonnent les tympans et battent les ailes, à l'intérieur de la tête. Ils se prennent au piège dans les cheveux, se débattent et piquent et mordent. Lorsque jaillit la goutte de sang, ils s'y baignent. Les moustiques vrombissent, mordent, assaillent, cherchent du sang dans les narines. Rien ne les chasse: ni les coups, ni la fumée épaisse de l'herbe et de la mousse jetées sur le feu, ni le camphre que Virginie porte dans la petite pochette attachée à son cou. Si les hommes savaient lire les signes de Dieu, cet homme comprendrait que les moustiques lui interdisent d'avancer dans la forêt. Mais il s'entête. Les moustiques torturent jour et nuit. Les nuits sont sans sommeil et plus longues que les jours harassants. Les moustiques changent l'air en buissons aigus. Et que lancera encore contre eux la forêt? Cette Dame qui l'accompagne ne serait-elle pas aussi issue de la forêt? Dans son enfance, Virginie avait entendu raconter l'histoire de la Dame; des épisodes, qui laissaient entendre le bruit des chaînes, revenaient à sa mémoire certains soirs d'hiver, devant le feu, quand le vent soufflait fort contre les murs de pierre. Pendant des jours et des nuits, et des nuits et des jours, dans sa cabane fermée, entourée d'une neige qui s'accumulait toujours, elle écoutait le vent dans la forêt. Lorsqu'elle eut écouté longtemps, elle reconnut que le vent n'était pas un souffle, mais une voix, et qu'il chantait plutôt qu'il ne sifflait, et qu'il était une plainte. Et dans la tristesse de son chant, elle a commencé à reconnaître des airs d'anciennes chansons; le vent avait tellement de tristesse qu'il rappelait des chansons mortes. Pendant de longues nuits, lorsque le sommeil refusait de l'emmener au pays noir où l'on meurt pour ressusciter à l'aube dans la lumière, elle écoutait le vent. À côté, cet homme dormait et ronflait comme un cheval épuisé. Mais elle veillait. En écoutant le chant de la forêt, elle retrouva des mélodies de l'enfance, des histoires racontées devant le feu par de vieilles personnes qui semblaient ne connaître que le passé. La nuit, les âmes disparues errent en chantant, doucement, avec soumission, entre les branches et les fûts de la forêt. L'âme de la Dame était entrée en son corps comme le chant d'une voix perdue. Dieu, soufflant sur la terre, lui avait donné une âme: alors était apparu Adam. Ainsi, dans le vent de la forêt, Virginie est née nouvelle femme, inconnue d'elle-même; son âme neuve est venue de la forêt, où les arbres ont une respiration, où l'on entend la force de la terre monter du sol dans les fûts, où des mystères passés s'éveillent sous la mousse épaisse et les feuilles pourries, où les histoires mortes reprennent vie et où les bêtes tuent pour vivre. Son âme nouvelle est vaste et inconnue comme la forêt qui l'entoure: c'est elle qui doit tuer cet homme. L'ours est déjà venu lui porter la mort, mais elle l'a sauvé. Elle a empêché que s'accomplisse la justice de Dieu. Pourtant, elle ne souhaite que cette justice. Elle veut l'accomplir elle-même. Elle se tait, aussi insondable que la forêt où errent tant de voix disparues.

* * * * *

Quand l'ours s'est écroulé, frappé par la foudre du fusil, sa grosse patte a glissé lourdement sur la poitrine de Victor sans la déchirer. La grosse tête et son museau sont tombés sur son épaule; l'ours était encore rugissant, mais incapable de mordre, et Victor, pour qui parler est respirer, est demeuré silencieux. Silencieusement, comme on se tient à l'église, avec une piété un peu solennelle, il enfonce sa pioche dans le cou de l'animal. Sans prononcer un mot, il regarde le flot de sang jaillir du cou et imbiber la terre qui devient une boue rouge. Puis, sans parler, lorsque l'animal est vidé de son sang, il se penche sur lui, et, à petits coups de couteau vifs, commence à couper la peau de son ventre. Il ouvre les pans de la fourrure. Le gros ventre de l'ours jaillit en bourrelets. Virginie ne regarde plus. Cet homme, penché sur l'ours qu'il dépiaute semble maintenant aussi grand que l'ours écrasé par terre. Depuis qu'ils habitent cette forêt, il n'a pas cessé de grandir; il est de plus en plus fort, comme si une sève était bénéfique à son corps. Il n'a pas craint d'attaquer un ours à coup de pioche. Peut-être aurait-il réussi à abattre l'animal sauvage si elle n'avait pas tiré le coup de fusil? L'âme des arbres aurait-elle pénétré son corps? La force des choses inconnues derrière les arbres aurait-elle envahi son âme? Pour elle, le chant de la forêt répète l'histoire des grands malheurs. Est-il possible que la même voix de la forêt murmure à cet homme l'histoire des moissons futures? Elle ne comprend pas. Il y a tant de choses qu'elle ne comprend pas.

Être une femme, serait-ce ne pas comprendre? Cet homme, penché sur la bête morte, ressemble à la forêt qu'il habite. Cet homme, qui a traversé une nuit le pays de la mort, ne connaît plus rien que la vie. Il s'est enraciné parmi les arbres; il appartient à la vie qui engendre la vie comme la forêt engendre la forêt, d'une même force continue. Elle ne peut sortir du pays de la mort dans lequel elle est entrée avec cet homme, par un soir de tempête furieuse. Elle et lui n'habitent plus le même pays. Dans le sien sonnent les chaînes aux chevilles de la Dame. Elle ne reviendra dans la vie qu'après avoir tué cet homme qui l'a entraînée sur le chemin noir de la mort. Elle l'entend donner des coups de hache. Le bruit est celui de coups frappés dans un tronc pourri. Parfois la hache produit un coup sec comme sur un jeune érable: elle comprend qu'il débite en pièces la grosse bête: sous le grand soleil, ce corps éventré, sanglant et nu a déjà commencé à pourrir. Cela sent mauvais comme lorsque la bête a passé la tête par la fenêtre. Quand l'homme sera étendu sur la terre, quand le soleil cuira son corps, sa mort aura-t-elle l'odeur de la mort de l'ours? Elle ne veut pas le voir; pourtant, elle est retournée du côté de l'ouverture dans le mur. Il porte sur l'épaule quelque chose qui ressemble à une grosse branche: une patte de l'animal. Cela semble très pesant. Il marche vers les arbres, au bout de l'espace défriché. Ses vêtements sont trempés de sang. Il marche dans un nuage de mouches noires. Cette viande morte va attirer les bêtes carnassières: il faut l'enterrer loin de la maison. Elle l'observe longuement. Il transporte dans la forêt tous les morceaux durs, à l'exception d'un morceau de cuisse qu'il a attaché à une branche au-dessus du sol. Il pousse dans un sac de toile les morceaux mous et visqueux: les tripes, les intestins, l'estomac, et, plusieurs fois, il va vider le sac derrière les arbres. Quand tout est nettoyé, sauf le sang qui imbibe le sol, il roule la peau de l'ours et elle le regarde marcher, courbé sous ce fardeau noir et rouge. Va-t-il aussi enterrer la fourrure? Va-t-il la laver du sang séché au ruisseau? À la tombée du jour, il sort de la forêt, la peau de l'ours posée sur sa tête et sur ses deux bras étendus. De nouveau, la bête qu'elle a abattue est vivante. Elle tuera cet homme revêtu de la fourrure d'une bête sauvage.

* * * * *

As-tu vu, Virginie, à matin, sur le dessus des sillons, as-tu vu les petites pousses? C'est beau, c'est le commencement! Notre vraie vie qui sort de la terre: ses premières pousses! Ça va grandir, Virginie! On a semé; la terre va nous rendre au centuple ce qu'on lui a donné. Pense que devant ta porte, il va y avoir un jardin potager. En sortant de la cabane, tu feras quelques pas, quelques pas seulement, et tu auras à tes pieds, Virginie, à tes pieds, des patates belles comme tu en as jamais vues au marché de Québec, des patates neuves comme peuvent pas s'en payer les riches de la Haute ville, et puis, on aura des carottes fraîches, et des betteraves. Je vais peut-être pouvoir acheter du beurre si je vends mon bois au monastère et si les moines veulent me le payer. Virginie, il faut que je te demande une faveur… Moé, je sus un homme qui rougit, un homme qui est pas capable de vendre quelque chose. Si je donne mon bois, je pourrai pas acheter du beurre. Peut-être que les saints moines accepteront pas d'habiter dans un monastère fait avec le bois coupé par les mains d'un homme que le bon Dieu a choisi pour son malheur. Je sus un homme fier, et si je me présente devant les moines avec mon bois et si je vois apparaître dans leurs yeux une pointe de lumière m'accusant, moé, du grand malheur qui nous est arrivé… Tu sais que c'est le bon Dieu Lui-même, dans une neige noire épaisse comme si la terre entière avait brûlé dans la fumée noire, c'est le bon Dieu Lui-même qui a voulu qu'un enfant Lui soit sacrifié comme dans la Bible, Virginie, comme dans la Bible, lorsque le bon Dieu a demandé à Abraham de Lui offrir la vie de son enfant qu'il aimait; moé, je suis pas un saint homme comme Abraham, j'ai pas entendu la voix du bon Dieu, mais j'ai senti sur moé Sa main qui m'écrasait; Virginie, le bon Dieu nous a pas demandé, comme à Abraham, de construire un bûcher, mais Il a créé une tempête, comme j'en avais jamais vu, pour que notre enfant Lui soit immolé... Virginie, moé je suis fier. Il faut être fier si on veut être digne de vivre, il faut être plus fier que la mort. Si l'un des moines laisse apparaître, à moé, déjà humilié d'avoir à mendier en offrant du bois, s'il laisse apparaître dans son oeil un reproche, je pourrai pas supporter l'humiliation. Si je peux attaquer un ours, je sais pas ce que je pourrais faire à un moine dans sa robe. Penser à ça me paralyse; et je peux pas faire un pas dans la direction du monastère. Virginie, c'est de la belle épinette longue et droite, que le bon Dieu semble avoir cultivée spécialement pour faire de beaux murs sans noeuds aux moines de Son monastère, de la belle épinette ben équarrie par moé. Virginie, je te la donne cette épinette: elle est à toé. Les moines ont aucune raison de t'humilier, toé. A toé, les moines peuvent pas reprocher d'avoir été une victime choisie par le bon Dieu. Virginie, c'est une faveur que je te demande, comme le jour où j'ai demandé à ton père la faveur de m'accorder ta main: va vendre aux moines les épinettes que je t'ai abattues... Et si on vend du bois aussi au moulin à scie, je pourrai peut-être acheter une vache pour remplacer celle que le bon Dieu nous a enlevée... On aura tout ce qu'un homme et une femme peuvent désirer sur la terre: un toit, du feu dans l'âtre, de la nourriture, du bois à vendre et une terre où on est roi et reine... Mais, Virginie, on est seuls. Moé, je suis pas seul, puisque tu es là, mais toé, Virginie, tu es seule avec notre grand malheur. Si toé, tu es seule, et bien, moé aussi, je le suis: je suis aussi seul que toé... La grande tempête est terminée: la neige a disparu. On est en été. C'est juin. Il faut oublier l'hiver, Virginie.

Tous les arbres autour de nous,ils ont oublié l'hiver. Si le bon Dieu a mis une mémoire dans l'âme des hommes, c'est autant pour oublier que pour se souvenir. Si les hommes se souvenaient toujours de tout, ils seraient les bêtes les plus malheureuses de toute la création que le bon Dieu a faite. On a souffert autant qu'un grand malheur peut faire souffrir un homme et une femme. Toé, tu souffres et tu te tais; moé, je souffre et je parle comme si j'avais pas mal. Il faut pas refuser cet été que le bon Dieu nous envoie comme une bénédiction tout ensoleillée et pleine de miracles. On est seuls, toé et moé, seuls, au milieu du paradis terrestre, vivant comme si c'était pas l'été; moé, je dis que c'est pas bien de refuser le bel été du bon Dieu. Ce bel été, Virginie, c'est une manière qu'a le bon Dieu de nous parler, et quand Il nous parle, Il nous dit de vivre, car l'été, c'est la vie. C'est un péché, Virginie, de pas voir les miracles que le bon Dieu fait pour toé et moé. Toé et moé, on doit obéir à l'été que le bon Dieu nous donne. L'été, tout ce qui est vivant donne des fruits; cet été, notre terre va donner ses fruits et ses légumes. L'homme et la femme doivent itou porter leurs fruits, Virginie. On doit pas rester seuls comme des arbres secs. On doit pas rester seuls. Les moines font pas d'enfants, mais toé et moé, on est pas des moines. Si tous les hommes avaient été des moines, qui est-ce qui aurait fait les enfants qui sont devenus des moines? On a commencé à conquérir une terre nouvelle, et cette terre demande des hommes et des femmes. Virginie, il faut lui donner des enfants. Tu dois pas décider toé-même que tu es un pommier stérile. Tu es pleine de vie et tu dois donner cette vie. C'est le bon Dieu seul qui décide si un pommier est stérile ou fécond. Si le pommier est fécond, c'est que le bon Dieu le bénit; s'il est stérile, c'est que le bon Dieu le maudit; Virginie, Il veut pas te maudir, le bon dieu. Quand je vois, Virginie, le silence noir autour de toé et de moé, je me demande si le malheur se prépare pas encore une fois à nous frapper. Virginie, si tu disais un seul mot... La parole est un don de Dieu, Virginie. Tu n'as pas le droit de refuser un don du bon Dieu. Il t'a donné la parole et la vie. Virginie, t'as pas le droit de vivre comme si tu avais reçu le silence et la mort.

* * * * *

Cet homme, elle devrait l'aimer. Il a redressé le mur de la cabane. Devant le carreau, il a planté des pieux effilés par le haut, bien pointus; ainsi, la bête curieuse se blessera avant d'avoir atteint la fenêtre. Il a tendu la peau de l'ours sur un cadre qu'il a fabriqué de quatre bouleaux. Tous les jours, il tend un peu plus la peau. "Tu auras pas froid, Virginie, l'hiver prochain dans ton lit, dit-il; je te promets que t'auras jamais froid: l'hiver, tu seras protégée du froid comme un ours". L'hiver prochain, il ne sera plus avec elle pour se préoccuper si elle a froid; il ne saura même pas quelle est la saison sur la terre. Cet homme a toutes les qualités d'un homme aimé. Si elle était encore une jeune fille qui n'avait pas vu un enfant sortir de son ventre et dont les idées s'ébourriffaient au passage d'un homme comme ses cheveux à celui d'une bourrasque venue du fleuve, elle aimerait encore danser avec lui, danser longtemps, même s'il ne porte plus l'habit du milicien et même s'il a le visage déjà ridé de celui qui sait beaucoup. Depuis qu'il se bat contre la forêt, il ne pourra jamais plus avoir l'air d'un jeune homme qui s'amuse à danser. Il est maintenant un homme qui travaille. Même pendant la danse la plus débridée, où les violons inventeraient les plus folles musiques, les plus déchaînées, l'effort du travail ne pourrait être effacé de son visage. Si elle était encore cette jeune fille qui avait dansé avec lui tard dans cette nuit du Mardi-gras qui n'était que musique tournant plus vite que la terre, elle accepterait de danser encore avec cet homme. Il semble ne pas connaître le passé et ne se souvenir que de l'avenir. Elle l'a écouté; elle sait qu'il n'a pas oublié cette nuit d'hiver où un enfant devait mourir. Elle sait maintenant: il ne pense pas qu'à ce qui doit naître, mais aussi à ce qui est mort. Si elle était encore une jeune fille, elle danserait avec cet homme dont le visage est toujours un peu triste parce qu'il n'a rien oublié. La musique lui semblerait aussi heureuse qu'en cette nuit où le chaperon avait dû l'arracher à la danse; en ce temps-là, il n'y avait pas de souvenir, il n'y avait pas de lendemain. Elle devrait pouvoir s'appuyer sur la poitrine de cet homme et aimer le sentir solide comme un érable enraciné. Elle le mettra à mort lorsque le temps sera venu. Elle n'est plus cette jeune fille, elle n'est plus cette jeune femme qui a vu l'enfant sortir de son ventre, elle n'est plus la mère de cet enfant qui buvait à sa poitrine et que cet homme regardait en prophétisant qu'il boirait sa vie avec avidité. Elle est quelqu'un d'autre. Quelqu'un d'autre habite son corps. Son âme est morte avec l'enfant. Dans les histoires que l'on se racontait à la veillée et par les nuits de grands vents, elle entendait des chaînes traîner dans la nuit. Cette Dame du lointain pays de France, de l'autre côté de la mer, serait-elle une ancêtre qui déjà a donné son sang à son corps et qui, maintenant, lui donne son âme errante? Elle ne doit plus aimer cet homme. Déjà, les chaînes sonnent à ses chevilles.

* * * * *

Ils avaient déjà quitté Québec depuis trois jours. Ils atteignirent le bout du chemin. Ils s'arrêtèrent, pour la nuit, à la dernière maison avant la forêt. L'enfant n'avait cessé de pleurer et avait refusé de boire. Les habitants acceptèrent de les héberger; on rentra le cheval et la vache fumant de chaleur d'avoir marché toute la journée dans une neige où ils s'enfonçaient comme dans une boue blanche. En ce jour d'hiver, les bêtes suaient comme l'été. Le traîneau fut glissé sous une soupente de l'étable. La femme fit entrer Virginie et l'enfant dans une maison qui sentait la soupe aux choux. Les hommes recouvrirent d'une bâche le traîneau après avoir inventorié son contenu avec application: le baril de lard salé, les sacs de pomme de terre, le sac de farine, les boîtes de biscuits, le thé, la mélasse, le maïs. Il faisait nuit. Cet homme avait voulu avancer jusqu'au plus tard possible dans le soir. Il s'était entêté, même si le cheval était si épuisé que ses jambes flageolaient comme celles d'un homme ivre. Victor disait que le plus tard ils pourraient aller ce jour-là, le plus tôt ils seraient à la cabane, le lendemain. Après le souper, les femmes causèrent de maladies d'enfants. La femme de l'habitant en avait eu huit, dont deux étaient morts; elle était enceinte, elle connaissait l'enfance. ''Votre enfant, disait-elle, n'a pas le front chaud et il n'a pas le ventre froid, donc il est pas malade, mais pour pleurer aussi fort, je vous dis qu'il a une grande peur. Tenez, il vous regarde et il vous reconnaît même pas, vous, sa mère! Il faut avoir une grande peur pour pas reconnaître sa mère. Je vous dis que cet enfant-là, il a une grande peur. Même s'il est dans vos bras, vous sa mère, cet enfant là, il appelle au secours. Les enfants savent beaucoup de choses. Avant de venir au monde, ils vous donnent des coups de pieds dans le ventre, vous le savez, vous, une mère. Pourquoi? Ils savent qu'ils vont venir au monde. Les enfants, je dis qu'ils connaissent l'avenir. Le bon Dieu est venu nous reprendre les deux derniers pour faire des petits anges dans Son ciel. Eh ben! ces deux petits avaient pas envie de partir: je vous dis qu'ils pleuraient autant que le vôtre. Vous êtes une mère, itou! vous savez comment le coeur d'une mère peut souffrir d'entendre ses deux petits pleurer parce qu'ils veulent pas retourner dans le paradis d'où ils sont venus. Ah! c'est triste, mais le bon Dieu a-t-Il pas fait les mères pour porter des enfants dans le ventre et, sur les épaules, la souffrance des hommes? Votre enfant, s'il pleure à s'ouvrir la poitrine, c'est parce qu'il a peur; il sent la forêt autour de lui, il entend les branches bouger comme des gros bras poilus. Y a de quoi avoir peur. Tenez, vous, vous êtes une mère; avouez que vous itou vous avez peur de la forêt. Ce petit enfant sait pas manger sans que vous lui donniez à se nourrir. Il sait pas marcher autrement que dans vos bras. Il a peur de ces arbres beaucoup plus hauts que lui. Il sait pas où vous l'amenez, mais il sent que vous l'amenez très loin. Il a peur de s'égarer. Il a peur que vous l'abandonniez dans la forêt. Et il pleure. Il a peur. Vous êtes une mère et vous itou, vous avez peur de vous perdre, vous avez peur que votre homme tout à coup redevenu bête sauvage dans la forêt, vous abandonne, ou vous dévore à pleines dents. Vous avez peur de la cabane qui vous attend là-bas. Un enfant peut pas avoir moins peur que sa mère. Quand mes deux petits anges sont montés vers le paradis du bon Dieu en hurlant comme s'ils étaient partis pour l'enfer, ils criaient parce qu'ils avaient peur. Moi itou, j'avais peur de la mort et vous auriez eu peur aussi, parce que vous êtes une mère. Mais vous pleurez pas à vomir vos poumons parce que vous avez peur: vous serrez plutôt votre enfant dans vos bras, vous vous accrochez à ce petit homme encore fragile, vous le serrez sur vos seins. Et vous vous taisez. C'est ainsi que sont faites les mères: elles souffrent de la souffrance de leurs enfants." Les hommes, eux, fumaient et parlaient comme s'ils n'avaient pas entendu pleurer l'enfant. Ils parlaient de défrichement; ils parlaient d'un moulin à scie qui serait bientôt construit; alors, on n'aurait plus besoin d'équarrir les troncs à la hache ni de les scier en planches à la scie passe-partout. L'hôte parlait de la potasse que l'on peut fabriquer avec la cendre de bois, en la laissant tremper un mois dans l'eau pour ensuite la bouillir dans un grand chaudron. "La potasse est pas rien qu'utile à faire le savon, mais elle est très demandée dans la ville de Québec où on peut la vendre: il paraîtrait que la potasse est envoyée par bateau entier vers des Vieux Pays." Un homme du village avait fait brûler sa potasse dans un four de pierre; il avait obtenu une meilleure potasse et l'avait vendue au prix de l'or. Ils parlaient de la chaux qu'on ne doit pas acheter mais que l'on peut faire soi-même en calcinant la pierre calcaire. ("Le bon Dieu a pensé à tout, Il savait que les hommes auraient toutes sortes de besoins: le bon Dieu, Il est comme le propriétaire d'un magasin général où on peut trouver tout ce qu'il faut à un homme"). L'enfant hurlait sa peur à la nuit qui s'était abattue bien pesante et sans étoiles sur la maison de l'habitant. Ils parlaient de la distance qu'il restait à parcourir dans la forêt, des maringouins de l'été précédent qui empêchaient les hommes de découper un chemin à travers la forêt; ils parlaient de la chance d'aller faire sa terre, comme ils disaient, dans une paroisse où des moines allaient prier pour les habitants pendant le jour et pendant la nuit. Ils évaluaient la dureté de la neige, si elle pouvait porter le traîneau. Ils craignaient la chaleur du soleil qui avait gâté la neige: elle pouvait se dérober sous le traîneau comme du bois pourri; ils se convainquaient de l'importance, pour l'homme, dans cette neige dangereuse, de ne pas commander au cheval, mais plutôt de lui obéir. Ils appréciaient l'étonnante capacité que la vache avait d'avancer malgré sa mamelle traînant dans la neige. Ils maudirent les loups qui s'approchent de la route. L'habitant disait que si sa vie était à refaire, il irait la recommencer à côté de l'endroit où Victor avait bâti sa cabane: "Le bois est beau, il pousse dru comme de la mauvaise herbe; les montagnes sont hautes et, sur la montagne, un homme est plus proche du ciel et le bon Dieu est plus proche de l'homme." Puis l'habitant jeta plusieurs bûches ensemble dans le poêle; sa femme offrit, pour les prières, de l'eau bénite à Virginie. Il était l'heure de se coucher. À l'aube, elle n'avait pas encore dormi. L'enfant n'avait pas cessé de pleurer. Les hommes transportèrent les sacs dans le traîneau, attelèrent le cheval, attachèrent la vache à l'arrière, et Victor, rayonnant, donna un coup de guide au cheval:

— Que le bon Dieu prenne soin de vous autres comme vous avez pris soin de nous et de nos bêtes!

— Demandez à vos moines qu'ils prient pour que le bon Dieu verse du soleil sur notre pays!

— On ne Lui demande pas la richesse; mais on est ben heureux quand Il pense à s'occuper de nous comme Il s'occupe de ses petits oiseaux!

Le soleil se levait; à son coucher, le cheval serait dans son abri près de la vache; il aurait eu son avoine et elle mâchouillerait son foin. Un feu aurait été allumé dans l'âtre. Quand il était parti de la cabane pour aller chercher sa femme et son enfant dans la ville de Québec, cet homme avait pris soin d'entasser du bois sec dans le poêle pour allumer le premier feu à leur arrivée dans la cabane. L'enfant tout à coup avait cessé de pleurer. "Il n'a plus peur", dit Virginie. "Cet enfant-là regrettera toute sa vie de pas pouvoir se rappeler de ce voyage", dit Victor.

* * * * *

La neige était douce. Surchargé par les sacs, la charrue, les haches, le godendard, les pièges, la sciotte, les scies et la machine à coudre, le traîneau glissait sur la neige comme sur une eau douce. La vache suivait sans meugler, avec ses grands yeux soumis. Patiemment, le cheval fendait la neige de son poitrail. Elle n'avait pas été atteinte par le soleil de mars. Entre les deux hautes falaises d'épinettes serrées, ni le soleil ni les vents plus doux de mars ne pénétraient. L'ombre de la forêt y régnait. La neige était bleue. Le silence était figé. Parfois, une branche sèche tombait, entraînant une brève avalanche de neige. Le souffle des animaux s'embourbant était énorme dans le silence. Il y avait aussi le cliquetis des ferrures au brancard. Les animaux écrasaient des arbustes sous leurs pas. Le traîneau glissait. Tout à coup, il tanguait, soulevé par une vague subite. Le cheval donnait un coup de poitrail plus fort dans l'attelage, et le traîneau se redressait avec des grincements et des craquements. Une neige fine commença de voler. Tombait-elle des épinettes? Était-elle soulevée par le vent? Était-ce une neige venue du ciel? Son homme interrogeait l'azur qui n'était plus bleu, mais gris. La neige dansante et tourbillonnante voilait déjà les épinettes. Virginie écoutait le chuintement des patins du traîneau: elle aurait cru entendre le bruit du temps qui passe. L'homme essayait d'apercevoir le ciel: "Ça sent la tempête." La neige, beaucoup plus fournie, collait au visage et aux yeux. En sortant de l'église, le voile de sa robe de mariage lui avait collé au visage; aveuglée, pour ne pas tomber, elle s'était agrippée au bras de son mari. La neige frappait au visage. Les yeux se protégeaient derrière les paupières fermées. Virginie remonta la couverture vers le visage de l'enfant; il ne bougeait pas. Emmaillotté dans la laine, il dormait dans ses bras. Elle ne le sentait pas respirer à travers l'épaisseur des couvertures. Son petit corps était pesant. La neige cinglait son visage qui ne la sentait plus. Elle rouvrit les yeux. Les épinettes et le ciel étaient devenus blancs. Cela était doux comme un sommeil. Son corps était prêt à s'abandonner, mais elle lutta, car elle tenait contre elle le petit poids ferme de son enfant qui ne pleurait plus; il ne bougeait plus sous ses couvertures de laine. Elle pensa à la mort qui rend les humains et les animaux immobiles. L'enfant n'avait plus peur. Avait-elle réussi à le rassurer enfin? C'est elle maintenant qui avait peur de ce silence des arbres qui les entourait sans qu'elle pût les voir; la neige abondante et violente remplissait la terre et le ciel. La forêt semblait ne plus exister. N'était-ce pas plutôt eux qui avaient cessé d'exister? Les hautes épinettes bien enracinées résistaient à la tempête; mais eux, dans le traîneau... Et cet enfant si faible? Pourquoi ne pleurait-il pas pour que soit criée la peur humaine dans cette forêt? Un enfant, un pleur d'enfant aurait exprimé ce que ses mots d'adulte ne pouvaient pas. Un grand cri. Le traîneau oscilla. Une plainte bestiale. Le cheval avait hurlé. ''Ça devait arriver'', maugréa l'homme qui sauta du traîneau. A tâtons comme aveugle dans la nuit, s'enlisant à chaque pas, il s'aperçut qu'ils ne suivaient plus le passage tracé entre les arbres. Où étaient-ils? Elle ne l'avait jamais entendu jurer. Elle croyait qu'il n'injuriait pas le bon Dieu comme les autres hommes. Même s'ils étaient perdus en pleine forêt, dans la tempête, cet homme osait insulter Celui qui d'une seule pensée pouvait les faire disparaître, eux, avec le cheval, la vache, le traîneau chargé de tous leurs biens, et l'enfant blotti, si petit dans ses couvertures. Il pouvait les ensevelir sans laisser de traces. Cet homme blasphémait. Le traîneau était secoué: le cheval, tombé sur le côté, se tordait; il pleurait, un énorme enfant, il pleurait, il savait sa mort prochaine. "Il s'est cassé une jambe", hurla l'homme. Cet animal appelait-il sa mère, comme le font les hommes qui vont mourir? L'animal sanglotait, impuissant, couché, incapable de ruer, incapable de se lever; sa jambe cassée le torturait. Il ne voulait pas mourir et il hurlait sa souffrance à tout ce qui ne souffrait pas. Cet homme prit la carabine, puis la remit en place: "Non, il faut économiser les balles". Il farfouilla entre les sacs, puis brandit une hache. Elle le vit disparaître vers l'avant. Plusieurs coups résonnèrent. Il avait, à coups de hache, tranché la tête de l'animal. À Virginie, le cheval sembla pleurer un peu, puis il devint muet. À l'avant du traîneau apparut une tache rouge que n'arriva pas à voiler la neige cinglante. Cet homme revint au traîneau: "Virginie, on va marcher jusqu'à notre terre, jusqu'à notre cabane, et même s'il est tard, même s'il fait nuit, on va allumer un feu dans notre poêle et on va allumer une lampe à la fenêtre. La nuit, on va la passer dans notre cabane, près du poêle où brûlera le feu de notre bois." Il décida de tout abandonner dans le traîneau. Ils allaient marcher. Sans doute pourraient-ils, luttant contre le vent et la neige, arriver au monastère avant la tombée du soir. Il fallait amener la vache car, lorsque les loups viendraient dévorer le cheval, leurs crocs s'attaqueraient aussi à elle. Virginie porterait l'enfant. Victor noua la corde de la vache autour de sa taille. Il prit la hache, le fusil, chercha dans les sacs des pommes de terre, quelques poignées de farine, qui devinrent aussitôt pâteuses dans ses mains, et du gruau pour la nourriture de l'enfant. Les flocons violents assaillaient ses yeux comme une nuée de moustiques enragés. Poussée par la poudrerie, au sol, la neige montait comme une marée. Jamais il ne pourrait marcher avec tant de choses sur le dos, la vache derrière lui, la carabine et la hache à la main. Déplacer le seul poids de son propre corps lui était pénible. Sans doute, bientôt, devrait-il aider Virginie à porter l'enfant. Alors, il jeta ce qu'il put dans un seul sac: sa hache, sa carabine, quelques pommes de terre, de la farine, du gruau, en blasphémant. Virginie lui dit: "Notre enfant dort; je voudrais pas qu'il soit réveillé par les insultes de son père au bon Dieu." Victor fit le signe de la croix; s'il offensait le bon Dieu, c'est que le diable avait profité de la tempête pour s'insinuer dans son âme. Ils attachèrent les raquettes à leurs pieds; ils contournèrent le cheval, l'immense tache de sang, et ils se mirent en route. Elle tenait l'enfant sur sa poitrine. Il marchait devant elle, tirant la vache. La neige était molle, profonde; le sol, en-dessous se résorbait. Les raquettes s'enfonçaient. Une boue gluante, autour de ses chevilles, se resserrait sur ses pieds. Avec un grand effort, elle s'arrachait de là et portait la lourde raquette plus avant. Elle sentait ses pieds retenus comme par une main qui serrait. La neige voulait l'avaler mais, alors que lui venait l'idée de s'abandonner comme on glisse dans le sommeil, elle faisait un autre pas. La neige était toujours plus profonde, même si elle marchait dans les traces de l'homme et de l'animal. Le froid de cette boue piquait ses pieds. Leur cabane n'était-elle pas trop loin? Retourner au village voisin n'était pas possible: la maison de l'habitant où ils avaient dormi était aussi éloignée, avait dit cet homme, que leur propre cabane qui les attendait; au monastère on leur donnerait une soupe chaude et du feu près duquel approcher les mains et les pieds. Le vent n'était plus retenu par les arbres, ni par l'étoffe des manteaux, ni par la laine robuste. La peau durcissait; Virginie sentait ses joues se craqueler. Et la neige au sol, toujours plus épaisse, semblait avancer comme un courant contraire. Enfant, elle allait au fleuve baigner ses pieds, retroussant ses jupes jusqu'aux genoux, et l'eau du fleuve poussait si fort contre ses jambes qu'elle la faisait parfois basculer. La neige poussait contre son corps aussi, pour la renverser. Elle ne voulait pas qu'ils aillent plus loin. Le bon Dieu leur faisait-Il signe de ne pas aller dans cette direction? Le bon Dieu leur interdisait-Il d'aller avec l'enfant vivre dans cette cabane, loin de la ville de Québec, en pleine forêt? Peut-être ne voulait-Il pas que cet enfant vive dans la forêt? Peut-être ne voulait-Il pas que l'on attaquât la forêt qu'Il avait créée? La tempête était-elle Son fouet? Elle se souvint de la Dame des histoires de son enfance, que l'on racontait les soirs de grands vents et de neige. A chaque pas, comme la Dame, elle traînait à ses chevilles de longues et lourdes chaînes. Son visage, maintenant, était brûlant. La neige y fondait. L'échine de la vache, parfois, émergeait, comme si noyée dans la neige, elle avait flotté. Elle ne voyait pas son homme dans la poudrerie. Elle suivait. Jamais elle ne pourrait se rendre à leur cabane, jamais elle ne pourrait se rendre au monastère. Elle marchait, mais toute la forêt marchait avec elle. À chacun de ses pas, les arbres faisaient un pas. Le courant de la neige paraissait la faire dériver en sens inverse; la ramenait-il d'où elle venait? Elle aurait voulu flotter sur la neige comme elle avait vu, sur le fleuve, le bois flotter. Elle n'avait plus que le désir de s'allonger sur le ventre avec son enfant, puis de s'endormir et de se laisser emporter par le courant. Tout à coup, un pleur. Elle se rappela la souffrance du cheval. L'enfant n'était pas blessé, puisqu'il était dans ses bras, emmaillotté dans les couvertures de laine, pressé contre elle. Il avait encore peur. Ce cri avait été bien faible au milieu d'une tempête plus grande que la forêt, mais c'était un bien grand cri pour une si petite poitrine. La peur, qui le torturait la veille, avait donc été plus forte que son sommeil. Elle avançait péniblement comme si elle avait été condamnée à tirer une charrette remplie de pierres. C'est son propre corps qui était si lourd. À chaque pas, elle devait enfoncer une muraille de neige. Ses raquettes s'accrochaient aux arbustes. Les débris de la muraille s'effondraient autour de son corps et l'enserraient. L'enfant pleurait. Essoufflée, à bout de force, suant, ses chaussons de laine mouillés, elle l'écrasa dans ses bras pour qu'il sente qu'il n'était pas seul au milieu de la tempête. Ses bras ne rencontrèrent que sa propre poitrine. Le petit fardeau enroulé dans ses couvertures n'était plus entre ses bras. Elle hurla. Aussitôt, de loin en avant, la voix de cet homme répondit. Elle aurait été attaquée par des loups qu'elle n'aurait pas hurlé avec tant de détresse. La voix de l'homme, en avant, se rapprochait dans la bourrasque. Elle était paralysée. Où était l'enfant? Il n'y avait plus que cette forêt énorme et blanche. Il n'y avait plus de chemin. Tout à coup, cet homme surgit devant elle, tout près avec son odeur d'homme en sueur. Elle pleurait, mais sans doute ne vit-il pas ses larmes confondues avec la neige fondue dans son visage. Le visage de cet homme était masqué de glace. Quand il lui demanda pourquoi elle criait, le masque se fendilla. Elle frissonna. Pourquoi avoir peur de cet homme parce que la glace était tombée de son visage? Lui seul pouvait l'aider:

— J'ai perdu l'enfant, sanglota-t-elle.

L'enfant pleurait, devant elle, sur la neige. Pourquoi cherchait-elle l'enfant? Il la regarda, étonné. Puis il dit: "Je vais prendre l'enfant; ce petit homme est déjà trop pesant pour sa mère. C'est de son père qu'un enfant doit apprendre à marcher en forêt."

— Victor, est-ce qu'on arrive bientôt chez nous?

— On est encore loin, Virginie. La neige est molle; elle a été pourrie par le soleil et, aujourd'hui, y a cette avalanche de mars. La neige prend aux pieds comme la pâte à la huche. Virginie, on a encore un long chemin devant nous.

Elle ne pouvait plus lui cacher:

— Je veux rester ici.

— Je peux pas te porter, Virginie. Mais je peux porter l'enfant.

L'homme ramassa l'enfant.

— Je vais te donner le fusil, je vais te laisser icitte et je vais marcher jusqu'au monastère. Mais reste pas là: essaie de marcher un peu pour fuir les engelures. La fatigue, c'est comme le sommeil. Il faut te réveiller, Virginie. Avance un peu, fais quelques pas. Tu dois pas te laisser rattraper par le froid. Marche. Suis mes traces. Je vas me rendre au monastère, où je vas poser notre enfant près du feu et je vas lui donner du gruau, et on va venir te chercher. Il va faire nuit, mais aie pas peur; les yeux s'habituent à la nuit et voient comme dans le jour. Aie pas peur, suis mes traces, marche lentement, mais arrête-toé pas. La terre va être ennuitée quand on va revenir. Virginie, accroche-toé à ton fusil: tire seulement sur le loup ou sur l'ours. Gaspille pas tes balles. Notre cabane est loin, Virginie, mais on va y dormir cette nuit. Marche: l'eau qui coule devient pas de la glace. Marche. Je te laisse la vache. Si tu as trop froid, serre-toé contre la vache, car elle est chaude comme du bon lait. Si tu vois plus mes traces dans la neige parce que la poudrerie les a effacées, laisse-toé conduire par elle; elle sait où je serai. Marche, Virginie. Une femme capable de faire un enfant est capable de marcher dans la neige, même si elle est plus épaisse que la hauteur des arbres. La vache est là devant, où je l'ai laissée. J'emporte l'enfant à la chaleur du bon feu des moines. Quand l'enfant va être couché devant le feu, je reviendrai icitte.

Avec l'enfant, il fit quelques pas, et ils s'effacèrent comme dans un nuage. Elle était seule maintenant, au milieu de la neige rageuse. Elle devait marcher. Pourquoi? Parce que son homme lui avait dit de marcher. Une femme doit obéir à son homme. Elle marchait, mais c'est dormir qu'elle aurait voulu: dormir dans un lit, dormir collée contre le corps chaud de son homme. Combien de temps avait-elle marché avec l'enfant dans ses bras? Depuis combien de temps marchait-elle, traînant le fusil trop lourd? Son homme lui avait dit de marcher pour fuir le froid, mais le froid allait plus vite qu'elle, et elle le sentait dans ses os. Elle appela son homme. Elle s'arrêta et attendit la réponse. Il n'y eut que le silence de la neige. Des bruits secs comme si des os s'étaient entrechoqués dans le vent. N'étaient-ce pas des squelettes pendus aux épinettes? N'étaient-ce pas des squelettes qui l'accompagnaient à travers la poudrerie? Elle traversait le pays de la mort où elle n'aurait pas dû s'aventurer. Des squelettes se balançaient au vent tout autour d'elle en faisant tinter leurs os, mais elle ne devait pas tirer. Cet homme lui avait dit de ne tuer que les loups et les ours. Cet homme, puisqu'il ne répondait pas, devait être rendu loin avec l'enfant. Peut-être étaient-ils déjà arrivés au monastère? La neige tombait plus abondante encore. Les squelettes étaient toujours autour, cachés dans la tempête, secouant leurs os. Ce fusil n'était pas fait pour une femme: il était lourd. C'était un fusil d'homme. Si ces squelettes ne l'avaient pas guettée, elle l'aurait abandonné dans la neige. Il y avait si longtemps qu'elle marchait. Son corps était froid. Il devait faire nuit. Même exténuée, elle n'avait cessé de marcher, écartant la neige qui avait la pesanteur de la pierre. Dans sa main, le fusil était devenu un lourd glaçon. La neige se refermait sur elle. Elle avait lu une histoire semblable à l'école: cette neige était du sable mouvant. Avait-elle englouti son homme et son enfant? Avait-elle été elle-même engloutie? Elle croyait encore être vivante, mais n'était-ce pas un rêve? Elle allait mourir. Elle s'endormait tant. Mourir, n'était-ce pas comme s'endormir? Dormait-elle déjà? Cette neige, cette tempête, son homme disparu et son enfant n'étaient-ils que des rêves? Elle était si fatiguée. Cette glace autour d'elle n'était qu'un rêve. Elle avait chaud. Elle était aussi bien que son enfant là-bas, dans le monastère, devant un feu, buvant du lait. Elle n'avait pas faim. Son homme, bientôt, reviendrait la chercher. Elle se félicitait d'avoir suivi ses conseils. Appuyée contre la vache, elle s'endormit dans sa bonne chaleur.

* * * * *

Les moines avaient d'abord construit une cabane en troncs équarris, où loger à trois, et un appentis: la chapelle. Les trois moines, à l'abri, avaient alors entrepris de construire pour l'avenir: des jeunes hommes viendraient de toute l'Amérique dans ce refuge où Dieu les appellerait loin des tentations du monde. Et ils avaient commencé à élever, autour de la cabane et de la chapelle, les murs du futur monastère. Mais l'hiver était arrivé trop tôt. Les hommes, venus prêter main forte, étaient repartis dans leurs villages. Les moines étaient restés seuls. Les murs inachevés du futur monastère constituaient une palissade autour de la cabane. Les moines s'y sentaient protégés des bêtes sauvages et des vents. La tempête faisait rage, ce soir-là, mais elle semblait si lointaine, dans l'abri rempli de chaleur et de prières. Ils ne s'inquiétaient pas de la violence exceptionnelle du vent à cette époque de l'année où le printemps déjà s'approchait derrière l'horizon. Ils célébraient, penchés sur leurs livres latins, la bonté de Dieu: Sa main les avait guidés vers cette terre sauvage où ils bâtiraient une maison pour Ses enfants. Les chiens, agités, grondaient et tournaient, insistants, autour d'eux dans la chapelle. Le vieux moine reprenait sans cesse la même ligne de sa page: à la fin, il avait oublié ce qu'elle disait au début. C'était à cause du loup qui hurlait. Il n'avait jamais entendu de loup avec un tel cri. Les deux jeunes moines l'entendaient aussi, car ils s'appliquaient trop ostensiblement à leur prière pour n'être pas distraits.

Ce loup hurlait comme s'il s'était efforcé de prononcer des mots d'hommes. Le vieux moine n'était pas seul à s'inquiéter, car ses deux confrères levèrent les yeux de leur livre et ils s'interrogèrent du regard. Le feu dans l'âtre ronronnait et subitement il s'agitait, au passage d'une rafale au-dessus de la cheminée. Ils écoutèrent la nuit. Les chiens s'inquiétaient. Les murs craquaient, secoués par le vent, comme craquait le bateau qui avait amené les moines en ce pays. Un loup ne pouvait hurler comme un homme. Il n'était pas possible qu'un homme soit dans la forêt, par cette tempête. Les moines étaient les seuls humains en cette forêt. Le village précédent était à une bonne journée de traîneau. De l'autre côté, il n'y avait jamais eu qu'une cabane construite, celle de Victor; et Victor était parti à Québec chercher sa femme. Un loup, hurlant des appels humains par une nuit de tempête? C'était le diable qui, en cette nuit de tempête, rôdait autour de la maison du bon Dieu. Lui seul connaît le langage des loups et celui des hommes. Les moines tracèrent sur leur poitrine une croix; ce signe rappelait que le Fils du bon Dieu était venu mourir sur la terre pour terrasser Satan. Dans la tempête, le diable ne s'enfuit pas à ce signe, comme d'habitude. Les chiens jappaient. Les moines écoutaient: il était certainement à l'intérieur de la palissade et s'approchait de leur cabane. Il hurlait comme un homme qui appelle au secours. Le diable n'aurait pas appelé au secours. La porte fut ébranlée. Ce ne pouvait être le diable; on pleurait dehors. Les chiens sautaient contre la porte. Les moines quittèrent la chapelle. L'on voulait enfoncer la porte et l'on pleurait de gros sanglots. Les moines levèrent les verrous: poussée par le vent, la porte claqua. Un homme s'effondra sur le plancher. Les chiens sautèrent sur lui. Cet homme ne marchait pas debout comme un homme, mais à quatre pattes. La neige et la glace étaient collés à ses vêtements comme au poil d'une bête. Le vieux moine commanda avec autorité aux chiens. Ils sentirent l'homme et, finalement, retournèrent devant le feu. C'était un homme, et il pleurait. Les moines le prirent par les bras et le traînèrent devant l'âtre, à côté des chiens. L'un des jeunes moines jeta quelques bûches dans le feu, tandis que l'autre entreprit, avec le balai, d'arracher la neige et la glace collée aux vêtements. Le vieux alla dans la chapelle, tira une petite clef de sous sa soutane, ouvrit le cadenas du coffre dans lequel était rangé le vin de messe et sortit une fiole de gin hollandais que le bon Dieu lui avait inspiré de conserver là, comme un précieux médicament. L'homme pleurait-il? Il sembla aux moines qu'il riait. "Dans les grandes douleurs, il arrive qu'on rit, dit le vieux moine. Certaines douleurs sont si fortes qu'elles ne peuvent pas être exprimées par les pleurs; pour dire toute sa douleur, il faut parfois rire." L'homme riait. Le moine retint sa fiole de gin hollandais. Sans doute avait-il déjà bu, trop bu. Mais ivre, comment avait-il pu trouver le monastère dans cette neige plus épaisse que le plus tenace brouillard? Ils reconnurent Victor, qui avait passé plusieurs mois avec eux pour les aider à la construction du monastère.

— Vous nous revenez, Victor?

— Nous rapportez-vous le beau temps, Victor?

— Victor, vous nous aviez promis de revenir avec femme et enfant. Les avez-vous ramenés? Faites-les entrer.

Victor se releva tout d'un coup. Il riait comme jamais les moines ne se seraient doutés qu'il pouvait rire. Était-il ivre? Le moine approcha de lui le fiole de gin; il ne tendit pas la main pour la saisir.

— Victor, par ce temps, vous devez avoir du givre dans l'estomac.

Il ne jeta même pas un regard sur la fiole, mais il commença à retirer ses vêtements mouillés, et il riait d'une grosse voix qui remplissait la cabane. Cet homme, qu'ils avaient connu timide et qui rougissait quand un des ouvriers entreprenait une histoire dont il devinait que la suite serait grivoise, enleva tous ses vêtements devant les moines et se laissa tomber sur une paillasse, nu comme l'Enfant-

Jésus dans la crèche. Le vieux moine fit signe aux jeunes de ramener sur lui les couvertures. Son corps, secoué de rires tumultueux, bientôt ne bougea plus. Il ne riait plus, il ronflait. Les chiens vinrent s'allonger devant son grabat. Victor, sa femme et son enfant devaient former la première famille de la paroisse qui s'étendrait autour du monastère. Il était revenu seul, sortant de la tempête. Il était entré dans le monastère avec des allures d'animal traqué. Cet homme qui riait comme un forcené n'était pas le Victor que les moines avaient connu pendant l'été, appliqué avec sa hache et son godendart à son travail, comme l'est un enfant penché sur son premier cahier. Jamais il ne riait alors. Il n'était pas triste, mais il croyait que les hommes, les bêtes et les choses sont tous tenus dans la main du bon Dieu et que rire, c'est se moquer de la façon dont le bon Dieu les tient. Quand il cessait de travailler, il parlait longuement; il parlait comme un homme confiant. Et quand il parlait, on pouvait croire qu'il voyait déjà, à la place des épinettes enchevêtrées, des fermes autour de sa terre, la scierie, l'école, la chapelle. Voilà l'homme que les moines avaient connu pendant l'été et qui tout à coup surgissait hors de la tempête, prostré, riant ou pleurant, se mettait nu et s'anéantissait dans le sommeil comme un homme ivre. Pourtant, il avait refusé l'alcool qu'on lui avait offert. Quand on l'avait interrogé sur sa femme et sur l'enfant, ses rires torrentiels avaient recouvert les questions des moines. Cet homme avait été changé en bête folle par la tempête. Maintenant apaisé sous les couvertures, il dormait. Le diable était sans doute sorti de son corps et retourné dans la tempête. Il rugissait dans le vent. Victor n'était pas revenu seul. L'un des moines commença de le secouer:

— Où avez-vous laissé votre femme et votre enfant? Victor! Répondez! Vous n'êtes pas venu seul! Victor! Où les avez-vous laissés?

Il ronflait, du fond de son sommeil. Les deux jeunes moines revêtirent des manteaux par-dessus la soutane, chaussèrent des bottes, enfilèrent des bonnets de fourrure, allumèrent des fanaux, attachèrent à leur ceinture un couteau, prirent des fusils. Les chiens s'étaient levés et grattaient contre la porte: ils avaient compris qu'on les attellerait au traîneau. Le vieux moine resta pour prier. Il pria longtemps. Victor était un homme épuisé. Victor ronflait comme s'il allait dormir trois jours. Le moine priait, assuré qu'un malheur était arrivé. Victor ne devait pas revenir seul: il devait ramener avec lui femme et enfant. Et la tempête le rejetait seul comme un homme sur le rivage après le naufrage. Le moine priait. Qui donc avait offensé Dieu pour qu'Il sévît? Le vieux moine ne comprenait pas, et il priait. Il remerciait le bon Dieu de lui avoir donné le privilège de devenir un moine. Les moines avaient pour mission sur la terre d'écouter la voix de Dieu quand les autres hommes étaient occupés à leurs travaux ou bien à ronfler. Mais il ne comprenait pas le message de Dieu dans cette tempête, et il priait. Il pria longtemps. Il alla plusieurs fois jeter des bûches au feu. Il remplaça les bougies sur l'autel. Il s'endormit quelques fois sur son bréviaire, mais il s'éveillait aussitôt: un sentiment de culpabilité lui serrait l'âme, car le bon serviteur ne doit pas dormir lorsqu'il a la charge de veiller et d'écouter la voix de Dieu qui parle aux hommes dans la tempête. Victor ronflait. Il n'avait plus d'âme, abêti par le bonheur de dormir. Dormir, n'était-ce pas ne vivre que par son corps? Un moine ne devait vivre que par son âme. Il s'efforçait d'empêcher son corps de succomber au sommeil. Son âme devait être attentive. Et il priait. Les petites flammes avaient déjà dévoré les nouvelles chandelles. Il fallait encore les remplacer et, de nouveau, jeter des bûches au feu vorace. Dehors, la tempête semblait aussi vouloir s'endormir. Était-ce son imagination qui lui faisait entendre ce qu'il souhaitait. Des chiens aboyaient. Très loin. Son âme ne voulait plus prier. Des chiens aboyaient vraiment. Ses confrères revenaient. Dieu les avait guidés dans la nuit. Dieu ne cessait donc pas de protéger Ses moines. Les chiens aboyaient dans l'enceinte du monastère. Le vieux moine ouvrit la porte. La neige avait cessé. Il ne ventait plus. Mais l'air, sur son visage, était coupant, comme en janvier. Ses confrères ramenaient quelqu'un. Penchés sur le traîneau ils soulevaient un corps enveloppé de couvertures. Dieu avait-il frappé quelqu'un de mort dans cette forêt?

— Mes frères, ramenez-vous la mort ou la vie?
— Gloire à Dieu; nous ramenons la vie!
— Dieu nous bénit!
— Elle vit. Gloire à Dieu!

Les deux moines rentrèrent Virginie dans la cabane. Ils la questionnaient. Elle n'entendait pas. Elle ne les voyait pas. S'était-elle même aperçue qu'on l'avait emmenée dans un traîneau tiré par des chiens? Les patins du traîneau avaient heurté un obstacle. Les moines s'étaient arrêtés. C'était une carabine abandonnée. Les chiens avaient trouvé Virginie quelques pas plus loin recouverte de neige. Elle semblait si peu vivante que les deux moines avaient commencé à prier pour le repos de son âme. Les moines n'osaient plus toucher à cette femme allongée devant le feu. Ils n'osaient retirer de son corps ses vêtements imprégnés de glace. Pour éviter que leurs mains d'hommes consacrés n'entrent en contact avec le corps de cette femme, ils jetèrent plusieurs couvertures de laine sur le plancher et l'y enroulèrent. Tout à coup, des mots montèrent à sa bouche, déformés entre ses lèvres scellées par le froid. Les moines avaient-ils bien entendu? N'avait-elle pas demandé son enfant? Elle avait dit: "Mon enfant?" Elle réclamait son enfant. Victor était donc venu comme il l'avait annoncé, avec femme et enfant. Où était donc l'enfant? D'un regard, le vieux moine interrogea ses confrères. Etonnement. Ils n'avaient pas vu l'enfant. "Il dort, votre enfant, il dort dans une grande paix", chuchota le moine. La jeune femme soupira et continua de dormir devant le feu. Le moine ne demanda pas pardon à Dieu de n'avoir pas dit la vérité: il n'avait pas menti. Si l'enfant avait été perdu dans la tempête, il dormait au pays des anges. C'était un bien grand malheur que Dieu avait envoyé sur cette forêt pour éprouver cet homme et cette femme, mais, pensa le vieux moine, qui peut juger, parmi les hommes, si les actes de Dieu sont malheur ou bénédiction? D'un geste semblable, les moines joignirent les mains, inclinèrent la tête et prièrent un instant: cet enfant mort sur le territoire de la paroisse serait le premier ange autour du bon Dieu pour Lui transmettre les prières des habitants de ce coin de la terre. Les deux plus jeunes repartirent avec les chiens qui aboyaient, comme s'ils avaient été en fête, à la recherche du petit corps perdu. Le vieux moine remit des bûches dans l'âtre, remplaça les chandelles brûlées sur l'autel et recommença ses prières. L'homme et la femme allaient s'éveiller (ils allaient presque ressusciter), et le vieux moine aurait besoin de paroles qui vont au coeur. Il devrait trouver des paroles inspirées, il devrait leur expliquer ce qui ne peut se comprendre, il devrait leur faire accepter de se soumettre à la volonté de Dieu. Le moine pria longtemps. Quand ses confrères revinrent, il n'entendit pas aboyer les chiens; il s'était assoupi sur son prie-Dieu. Victor bondit hors de son grabat, effrayé:

— Les loups! Les loups! Je vous attendais! Je vas hurler plus fort que vous. Les loups! Vous approcherez pas! Allez-vous en! Je vas vous étrangler!

Les chiens se jetèrent sur lui, et il jappait plus fort qu'eux. Alors, ils reculèrent. Le bon Dieu n'avait pas guidé les jeunes moines vers l'enfant perdu dans sa forêt. Ouvrant la porte, il aperçurent un homme nu qui gesticulait en hurlant une plainte sans mots; il hurlait comme une bête sauvage, mais une bête blessée. Le vieux moine s'était réveillé: "Pourquoi la vie de Vos enfants, mon Dieu, ressemble-t-elle parfois à un cauchemar? Non, mon Dieu ne répondez pas, je ne suis pas digne de comprendre, mais j'écoute Votre voix, mon Dieu." Les couvertures, devant l'âtre où le feu s'amortissait, s'agitèrent. La jeune femme murmura:

— Il est là, l'enfant?

Il y eut un grand cri d'homme:

— Non.

La jeune femme jaillit hors des couvertures et s'élança sur Victor. Les trois moines, qui ne connaissaient pas la femme, jugèrent qu'il fallait se retirer pour que s'accomplisse un mystère de la vie. L'homme et la femme crièrent comme des bêtes qui se seraient mordues. Était-ce la manière de s'aimer? Les moines, dans le froid du matin, grelottaient et priaient dans la chapelle. Les chiens aboyaient pour répondre aux cris venant du monastère. Puis, tout s'apaisa. Le monastère redevint silencieux. Le silence de Dieu reprit son royaume. Tout à coup, Victor bondit dans la chapelle.

— Je l'ai perdu dans la poudrerie, j'ai perdu l'enfant, mais je sais où je l'ai perdu et puis, le bon Dieu sait que je l'ai pas abandonné, moé, l'enfant; je l'ai perdu, mais le bon Dieu va m'aider à le trouver, et je vas venir vous le montrer, et c'est le premier enfant de la paroisse; alors, le bon Dieu a pas pu me l'enlever. Je vas le retrouver, je vas le retrouver, l'enfant!

Nu, enfoncé dans la neige jusqu'à la poitrine, il bondissait déjà comme un chevreuil.

— Nous irons avec vous, dit le vieux moine; mes frères et les chiens vous aideront.

Le vieux moine rentra, impuissant, timide devant cette femme qui ne dormait plus et qui pleurait.

— Cet homme, dit-elle, a tué mon enfant.

* * * * *

La peau de l'ours fut, pendant plusieurs semaines, tendue comme la voile d'un bateau qui ne partait pas. L'homme s'approchait, caressait la fourrure, tapotait la peau à l'endroit, à l'envers, puis resserrait la corde qui la rattachait au cadre de bouleau. Un jour, Virginie le voit couper la corde. La peau retombe sur lui, et elle ne peut s'empêcher de penser que la fourrure sauvage convient bien à ce tueur d'enfant. Il a avoué aux moines qu'il avait déposé l'enfant a l'abri du vent, à l'abri de la neige, pendant qu'il se reposait. Quand, nu, ce matin-là, il grognait dans le monastère comme un ours furieux, il a avoué que l'enfant dans ses bras était devenu pesant comme une pierre et qu'il l'avait déposé, sous les branches, à côté du sac de provisions. Après s'être reposé, il était reparti en oubliant le sac et l'enfant. Dans la tempête, comment avait-il pu se reposer sans tenir l'enfant contre sa poitrine pour lui communiquer la chaleur de son corps? Les branches n'empêchaient pas l'air d'enfoncer ses griffes froides dans le petit corps. Après avoir dormi, cet homme était reparti, seul, comme s'il n'avait jamais donné la vie à un enfant, comme si, sous les branches, il n'y avait eu que de la neige, comme si la glace du petit corps refroidi avait été semblable à celle que son pied heurtait. Il était reparti comme s'il n'avait pas été responsable du souffle à préserver dans le petit corps d'enfant. Il l'a confessé aux moines: il avait oublié le sac et l'enfant. La neige amoncelée avait effacé son enfant. Il a continué à marcher comme s'il avait été seul. Un homme n'a pas le droit d'oublier qu'il a donné la vie. Un homme n'a pas le droit de ne se préoccuper que du grand souffle des vents et de se désintéresser du petit souffle d'un enfant qui essaie de ne pas mourir. Cet homme a donné la mort; il doit être puni. Sa punition doit être plus forte que la mort, si le bon Dieu est juste. Et le bon Dieu est juste. Il ne pardonne pas à un homme qui a donné la mort, Lui qui a inventé la vie. La Dame des temps anciens, dont l'âme a voyagé jusqu'à elle dans les histoires, de génération en génération, l'assistera dans la besogne de punir cet homme. Le bruit des chaînes qu'elle entend, très loin, dans un vieux souvenir, est une musique qui ne lui fait plus peur. Juillet est arrivé. Il mourra en juillet, cet homme qui a jeté son enfant dans la tempête plutôt que de l'emmener dans ses bras, vers le feu du monastère. Si le bon Dieu n'avait pas voulu qu'elle donne la mort à cet homme, Il n'aurait pas permis que vienne juillet, ou bien Il n'aurait pas permis qu'elle atteigne juillet, ou bien Il n'aurait pas permis que poussent les plantes mortelles. Le bon Dieu rendra justice: c'est Lui qui a créé le poison. Les mains de Virginie cueilleront les plantes, mais dans ses mains habite l'âme de la Dame que le bon Dieu a laissée errer sur la terre et s'approprier son corps. Tout ce qui arrive est voulu par le bon Dieu. Il veut qu'elle punisse cet homme. Pourquoi Dieu a-t-Il voulu la mort de l'enfant? Elle ne comprend pas. Dieu ne veut pas qu'une simple femme comprenne les mystères de la vie et de la mort. Quand elle aura donné la mort, le bon Dieu l'abandonnera et les hommes la conduiront dans un cachot, sur la paille humide; ses chaînes, à chaque pas, sonneront sur la pierre. Après plusieurs années, un grand bateau l'attendra et l'emportera sur une mer; là quelqu'un jettera un grand manteau sur ses épaules, quelqu'un lui ouvrira les bras, et elle recommencera une autre vie. Il se peut aussi que les hommes l'attachent par le cou et la pendent sur la place du Marché. Elle ne frissonne pas d'effroi à la pensée de cette corde de chanvre nouée à son

110

cou, qui le serrera, et à son corps pesant trop lourd au bout de la corde. Quand cet homme surgit dans l'embrasure de la porte, couvert de la fourrure de l'ours, elle ne peut que revoir l'animal sauvage qui essayait d'entrer par la fenêtre et qui enfonçait le mur. Il pose la peau de l'ours près du grabat où couche Virginie; il la déroule, l'étend, caresse la fourrure. Il allume la bougie, car le jour est déjà sombre.

— Tu auras plus jamais froid aux pieds, Virginie, plus jamais. Moé, j'aimais pas voir tes petits pieds de femme se poser sur le plancher de rondins avec des noeuds piquants comme des chardons. Maintenant, tes pieds vont se poser dans la belle fourrure d'ours, et je sais qu'y a bien des grandes dames de la Ville haute de Québec qui ont pas de fourrure à se mettre sous les pieds à leur lever, tandis que toé, quand tu vas te lever, tu vas avoir les pieds dans la douceur comme ceux de la reine d'Angleterre. Ah! Virginie, si le bon Dieu a la même idée que moé, tu vivras pas toujours dans une cabane où les ours essaient d'entrer; pense à la maison que tu aimerais habiter et je vas te la bâtir, et je vas te la bâtir assez solide pour que, dans cent ans, elle soit encore debout. Et tu vivras pas toujours dans les bois: je vas te faire des champs autour de la maison. Les arbres ont déjà commencé à reculer. Tu ne seras pas toujours seule. D'autres cabanes vont se construire autour du monastère. La forêt va reculer autour de ces cabanes. Les cabanes vont devenir de belles maisons peinturées, Virginie. On va construire une route et on aura des chevaux, une voiture. On pourra aller au village voisin. À tous les ans, Virginie, on pourra se rendre dans la ville de Québec; tu pourras voir tes parents. On leur montrera nos enfants. Si tu veux, on pourrait en avoir un nouveau à leur montrer à chaque voyage. Tu dois pas penser au malheur. On est en juillet, et juillet, c'est le temps de la vie. Si le bon Dieu nous a éprouvés comme Il éprouve ses fidèles serviteurs, c'est qu'Il voulait s'assurer si on est dignes de toutes les bénédictions qu'Il s'apprête à faire pleuvoir sur nous. Virginie, j'ai parlé de pluie, et il commence à pleuvoir. Cette ondée sera bonne pour la terre. On aura des belles patates en septembre et, si le bon Dieu veut nous protéger des ratons laveurs, à la fin du mois d'août, on aura de beaux épis de blé d'Inde. En juillet, l'année passée, y avait icitte que du bois, Virginie, que des arbres, que la forêt. Le bon Dieu nous aime!

Le temps est venu de la mise à mort. Cet homme doit être puni jusque dans sa descendance. Elle s'avance sur la peau d'ours étendue. Fixant son regard dans les yeux de cet homme, un regard dur comme si elle tentait de lui crever les yeux, elle entreprend de se déshabiller sans un mot. Un cliquetis de boutons, un froufrou de coton et d'étoffe qui tombent. Ce corps de femme qu'il voit nu pour la première fois l'abasourdit comme un éclair en plein visage. Il ne peut plus respirer. Ses jambes ne le supportent plus. Il chancelle, les bras en avant, tendus comme les pattes d'un ours, vers Virginie, qui se jette au sol avec lui. Ils roulent dans la fourrure. Un souffle rauque d'animal. Cet homme la bouscule, l'étreint, la serre, l'écrase, s'efforce de lui broyer les os. Elle endure. L'enfant qu'il fera naître dans son ventre sera aussi enfermé dans le cachot. Si on la pend par une corde au cou à la potence, l'enfant aussi sera pendu dans son ventre.

* * * * *

Cet homme parle. Virginie n'écoute pas.

— La vie recommence. Je t'ai ensemencée, Virginie. Tu es redevenue ma terre. Si le bon Dieu continue à nous aimer, ton corps va être fertile. On possède une terre, Virginie, mais puisque le bon Dieu a permis que notre vie recommence, je vas marcher dans le bois et je vas choisir la plus belle terre que je verrai, et je l'ajouterai à notre terre et, à la fin de ma vie, j'aurai de la terre à donner à cet enfant-là.

Tout à coup, elle entend:

— J'irai assez loin, Virginie. Inquiète-toé pas. Le bon Dieu fait les journées longues en juillet parce qu'Il comprend que l'homme qui travaille sur sa terre a longtemps besoin de lumière. Et si, à la nuit noire, j'étais par revenu, inquiète-toé pas, je dormirai sous les belles étoiles du bon Dieu. Je te laisserai le fusil. Je sais que tu sais te servir de cette arme aussi bien qu'un homme.

Les ronflements de l'homme recouvrent bientôt les paroles. Elle ne peut pas dormir près de cet homme. La Dame qui avait des chaînes aux chevilles ne pouvait pas dormir non plus quand ronflaient près d'elle les gardiens qui l'amenaient par une route déserte vers une direction inconnue. Elle se souvient de ces nuits où l'aube semblait vouloir ne jamais revenir éclairer la terre. Elle se souvient de ces nuits sans fin où elle espérait l'aube comme de l'eau fraîche après une interminable marche. Elle voudrait sortir tout de suite et marcher vers l'orée du bois. Mais la nuit est dense. Elle ne

113

verrait rien. Couchée sur le dos, elle scrute le plafond obscur; elle attend les étincelles de l'aube qui jailliront bientôt entre les rondins, la mousse et le bouleau. Alors, elle sortira. Mais la nuit dure. Comme un hiver qui n'accepte pas que vienne le printemps. L'histoire de la Dame, c'était l'histoire de Virginie: Virginie a vécu il y a des siècles, et la Dame qui vivait en ces temps anciens vit aujourd'hui. Comme elle attendait l'aube il y a tant d'années, quelque part sous la grande nuit noire, elle l'attend encore, aujourd'hui, dans cette cabane. L'enfant mort connaissait aussi son avenir. C'est pourquoi ses pleurs étaient si désespérés. Dans sa petite tête incapable de prononcer des mots, il savait que cet homme allait le donner à la tempête. Cet homme sait qu'il va mourir. Autrement, lui aurait-il annoncé qu'il n'allait pas revenir cette nuit, mais dormir sous les étoiles? Il sait qu'il va être foudroyé au sol, et ses yeux éteints chercheront une réponse dans le ciel muet. Il imitera l'enfant dans la neige, près de l'arbre, criant au ciel qui ne répondait pas. Les yeux de cet homme ressembleront aux yeux de l'enfant qui se voilaient à cause de la mort montant en son corps. Cet homme sait qu'il va mourir demain. Demain, il dormira sous les étoiles, mais il ne ronflera pas. Elle ira au cachot. La Dame ira au cachot. Le plafond est implacablement obscur. La forêt est encore noyée dans la nuit: elle n'ose sortir. La nuit rend étrange ce qu'elle touche: les arbres deviennent des fantômes décharnés; la terre, sous les pieds, est changée en boue sinistre; le vent devient tristesse, et le ciel lui-même ressemble à un gouffre où elle pourrait tomber. Tout à coup, une pointe de lumière perce le plafond, trop brillante pour être l'aube. Elle a dû s'assoupir. C'est le matin. Elle se lève. Cet homme continue de dormir comme si la nuit régnait encore. Des crissements dans les charnières de bois. Cet homme ne doit pas être réveillé. Elle ouvre la porte, le plus étroitement possible. Elle est nue. Cet homme ne doit pas s'éveiller. Elle court dans la forêt. Sous ses pieds, elle ne sent ni les cailloux ni les brindilles, ni les ronces. Ce matin, les oiseaux ne chantent pas. Elle sait où elle va. Tout près de la forêt pousse le pain du diable. "Ces champignons, c'est du poison mortel; il faut pas toucher à ça: c'est le pain du diable. " Près du bois que n'a pas encore attaqué cet homme, il se trouve tant de pain que le diable pourrait longtemps se nourrir. Le bon Dieu veut qu'elle fasse justice. Le diable, maintenant, l'aidera. Peut-elle sans danger toucher à ces plantes mortelles? Leur tête a couleur de braise. Le pain du diable ressemble au feu du diable. Les champignons sont couverts de verrues répugnantes. Cela doit être comme la peau du diable. Ce pain du diable, elle l'a longuement cherché. Quand, enfin, elle l'a trouvé éparpillé aux abords de la forêt comme les restes d'une multiplication de pains, faite non par le bon Dieu comme celle de la Bible, mais par le diable, elle a voulu savoir s'il contenait du poison mortel. Elle s'est penchée et l'a frotté sur l'anneau d'argent qu'elle portait au doigt depuis le jour de son mariage. L'anneau a noirci. Le bon Dieu, qui avait semé autour d'eux des bêtes et des plantes pour qu'ils puissent se nourrir, avait aussi permis que le diable distribue sa nourriture empoisonnée. Elle rendra justice. Vivement, elle s'agenouille et arrache quelques champignons. Elle en a déjà une brassée qu'elle tient dans ses bras, pressés sur ses seins. Cela est frais. C'est la mort qu'elle porte. Quelle est douce, cette mort sur sa poitrine! Elle essaie de courir, car elle doit revenir avant le réveil de cet homme. Les herbes mouillées de rosée se nouent autour de ses jambes et la retiennent. Cela est froid comme la neige. Elle se hâte. Pourquoi pense-t-elle à la neige quand le feu du soleil brûle le ciel? Elle pousse la porte. Craquements. L'homme s'ébroue et se tourne sur sa paillasse. S'il l'aperçoit avec ce pain du diable, il ne voudra plus jamais manger ce que ses mains auront touché. Elle jette le pain du diable dans une casserole et replace le couvercle. Il ouvre les yeux. La lumière pénétrant par la porte le blesse. Il les referme un instant, puis se lève. Sans parler, il dispose le bois sec dans

115

le poêle, déchiquète le bouleau, l'allume et, quand le feu est pris, va au ruisseau avec les seaux. Il va puiser l'eau qui le tuera. Il revient en chantant, tout mouillé: il s'est roulé dans l'eau fraîche. Elle verse de l'eau dans la bouilloire, puis dans la casserolle où sont les champignons et un peu dans un bol où elle a mis de la farine de sarrazin.

— Ah! J'ai dormi, Virginie, comme j'ai pas dormi depuis longtemps. Y a des soirs où je reviens si épuisé que je sens mon corps derrière moé, au bout d'une corde, comme un cheval qui refuse d'avancer: bien, ces nuits-là, je dors pas autant que cette nuit. Virginie, j'ai dormi, comme si j'avais été mort. Je te le dis: pour dormir comme j'ai dormi, il faut plus être vivant.

Virginie se rhabille vivement. Cet homme n'aurait pas dû la voir nue. Dans la casserole bouillent les champignons. Une mousse grise soulève le couvercle. Elle étend la pâte de sarrazin sur la plaque d'acier du poêle.

— Je te prépare aussi du café de chicorée pour ton voyage. Je vais te le verser dans une bouteille. Quand tu seras rendu loin, alors, cherche-toé un arbre qui a de grosses racines, assis-toé, appuie ton dos contre l'arbre et bois de ce café de chicorée. Tu ressentiras plus ta fatigue.

A-t-il remarqué qu'elle a parlé? Il mange sa crêpe de sarrazin, arrosée du sirop qu'il a, ce printemps, tiré des érables. La main de Virginie ne tremble pas en versant dans la bouteille l'eau empoisonnée. Elle ajoute deux poignées de chicorée et elle enfonce le bouchon de bois. Elle introduit la bouteille dans le gros sac de toile, avec la couverture de laine, la hache, le fil pour faire des pièges. Cet homme est si heureux qu'il voudrait danser.

— Notre vie s'était arrêtée comme si on avait été morts, Virginie, le temps d'une toute petite mort, mais on est revenus à la vie! Que le bon Dieu est bon pour nous, Virginie!

Il attrape son sac, le jette sur son épaule et, comme un homme qui penserait à la danse, qui entendrait une musique folle, il avance en sautillant vers la forêt. Le goulot de la bouteille empoisonnée rutile dans le soleil, car il dépasse du sac.

* * * * * *

Maintenant, elle attend. Peut-être cet homme reviendra-t-il ce soir? Il aura marché, marché, toujours en pensant à sa terre agrandie, aux enfants qui l'aideront à déboiser, à labourer, à ensemencer, et qui mêleront leurs cris à ceux des oiseaux. Il aura marché d'un arbre à l'autre, les additionnant, comme un homme riche compte ses pièces d'or; il aura, dans son esprit, abattu ces arbres, les aura enchaînés et halés vers le chemin de bois, les aura transportés au moulin à scie, les aura vendus en planches et en poutres, et il aura arraché les souches et labouré la terre dans son rêve, comme si c'était la réalité. Tout gavé de ses pensées, il aura oublié de manger et n'aura pas porté à ses lèvres la bouteille de poison. Il reviendra. Elle le verra soudain jaillir hors de la forêt comme un orignal en rut, tressaillant, ses grandes narines pleines de l'odeur de la femelle, et il viendra à grand pas, ayant conquis une terre nouvelle et prêt à s'emparer de sa femme qui ne pourra plus lui résister, car cet homme a décidé que la vie avait recommencé. Elle attend. Elle est assise sur le tas de bois accumulé en prévision de l'hiver. Les mouches s'acharnent dans son visage et dans son cou, mais elles lui sont indifférentes. Cet homme va sortir du bois. Elle l'attend. Elle n'a pas réussi à faire justice. Elle n'a pas réussi à tuer cet homme qui s'imagine remplacer un enfant tué, un soir de tempête, par un enfant fait en juillet. Cet homme s'approche. Il va surgir, meuglant comme un animal qui aperçoit la femelle. Elle ne l'a pas tué. Elle n'est pas la Dame qui avait des chaînes aux chevilles. Dans la solitude de cette forêt, elle s'était dit un conte. Il n'est pas mort. Elle n'ira jamais dans un cachot. Cet homme va sortir de la forêt; comme un grand orignal, il va secouer son panache et bramer qu'il est vivant et qu'il veut monter la femelle. Elle n'aura jamais de chaînes. Il vit. Elle n'ira jamais dans un cachot sur la paille pourrissante. Son homme va revenir. Il ne saura jamais qu'il avait du poison dans son sac. Elle a trop écouté la voix du vent dans les épinettes, elle a trop écouté ses histoires du passé. Cet homme est vivant. Elle n'est pas une Dame qui sait préparer le poison, elle ne sera jamais enchaînée dans un cachot, elle ne sera jamais déportée sur un bateau de plusieurs mâts. Elle n'est qu'une innocente jeune femme qui a laissé ses parents dans la ville de Québec et qui a suivi dans la forêt un homme avec qui elle avait dansé sur une musique de violons magiques. Elle n'est qu'une jeune femme, assise sur une bûche, qui attend son homme parti dans la forêt. Elle devrait déjà mettre à bouillir les pommes de terre pour son repas. Elle ne sait pas tuer. Les feuillages vont s'écarter et il va apparaître. Elle ne voulait pas tuer. Si elle l'avait voulu, elle aurait pris la carabine et elle aurait tiré sur lui comme elle avait abattu l'ours. Elle n'est qu'une jeune femme innocente qui n'a jamais voulu tuer. Elle est une jeune femme seule dans la forêt, et le vent lui amenait des échos du temps passé. Son âme était devenue si triste. Le soir voile les arbres. Ses yeux ne voient plus jusqu'à l'orée du bois. Elle rentre dans la cabane. Elle n'allume ni une bougie ni le feu dans le poêle. Il reviendra demain. Le territoire qu'il veut explorer est grand. Il dormira à la belle étoile. Heureusement qu'il a apporté une couverture de laine. Demain, elle ira enterrer le reste du pain du diable, en pâte au fond de la casserole. Elle attend l'aube, assise sur son grabat, les pieds posés dans la fourrure de l'ours noir. Cet homme doit être en ce moment étendu sur le sol, les yeux tournés vers les étoiles. A-t-il bu le poison? Elle ne pourra dormir cette nuit, croit-elle. Pourtant, elle dort déjà.

Et, ne croyant pas être endormie, elle avance péniblement, pas à pas, dans la neige profonde. Chaque pas est pénible: la neige la repousse en arrière, ses pieds ont le poids des souches qui ont leurs racines agrippées sous la terre, la neige cingle son visage. Elle ne voit plus les arbres tant la poudrerie est dense, mais elle ne s'inquiète pas: son enfant est dans les bras de son père, qui le protège comme s'il était son propre coeur. Il y a tant de neige. Où est le passage entre les arbres? Où sont les arbres? Où est-elle? Son corps est aussi mou que si elle s'était endormie. L'homme, plus loin, tient l'enfant dans ses bras et lui fera traverser la tempête. La neige frappe son visage, et elle doit tenir les yeux fermés. Souvent, des hommes et des chevaux s'endorment et meurent dans la tempête. Elle ne doit pas s'endormir. Elle doit garder les yeux ouverts. Elle lève la tête. Il n'y a pas de neige. Il n'y a pas de tempête. Ce n'est pas la nuit. La lumière perce des trous étincelants dans le toit. L'homme est quelque part dans la forêt. L'enfant n'est plus dans la forêt. L'homme est peut-être vivant. L'enfant est mort. Maintenant, elle attendra le soir. Cet homme a annoncé qu'il dormirait une nuit en forêt. À la brunante, elle le verra apparaître. S'il n'a pas bu le poison hier, il aura soif en s'éveillant ce matin sous sa couverture; il allumera un feu et fera bouillir son café de chicorée; quand il le portera à ses lèvres, il ne lui trouvera pas le goût habituel, mais il aura soif, et il pensera à la longue marche à faire pour revenir à sa cabane. Il boira le poison jusqu'à la dernière goutte. Alors, ce soir, elle ne le verra pas revenir. Elle attendra. Elle attend que vienne le soir. Toute la journée, il semble à Virginie que le soleil reste accroché au même point du ciel, qu'il n'avance pas vers l'endroit de son coucher. Elle n'a pas mangé. Elle guette la forêt sous un soleil immobile. Pourquoi avoir les yeux fixés sur la lisière de la forêt? S'il est vivant, il reviendra. S'il a bu le poison, inutile de l'attendre: les bêtes sauvages se sont sans doute déjà attaquées à sa dépouille. Qu'est-ce qui retient, durant cette longue journée, son regard sur les arbres? Espère-t-elle qu'il revienne? Espère-t-elle ne pas l'avoir tué? La mort ne peut pas être corrigée comme une faute dans un cahier d'écolier. La mort est durable. Elle ne peut être effacée, elle doit donc être punie. Sur ce mur d'arbres lointains, elle essaie de déchiffrer les signes de son destin. Si cet homme n'apparaît pas, elle mourra; et si son homme vit, elle vivra. Seule la forêt semble vivre. Étourdie de surveiller un soleil qui n'avance pas, elle-est encore vivante? Son homme est mort, elle a tué. Dans un grand ciel de lumière, rien ne bouge. Le temps est immobile. La forêt n'a plus de cris d'oiseaux. Leurs vols se sont interrompus. Le vent même s'est posé sans souffler sur les branches. Déjà est attachée à ses chevilles, avec des maillons éternels, une chaîne invisible qui l'amarre à un point inconnu de la forêt où un homme aura été foudroyé. Elle attend. Cet homme est mort, et sa vie sera toujours arrêtée autour d'elle comme un mur implacable. Désormais, les journées seront longues et les nuits, sans fin. Dans son cachot, y aura-t-il une différence entre les jours et les nuits? Ils s'accrocheront à elle comme des souvenirs tenaces. Elle recommencera sans fin la même journée; elle recommencera sans fin la même nuit, toujours le même tissage, qui se démaillera toujours. Elle n'aura plus qu'un seul souvenir, où les neiges brutales d'une nuit d'hiver se mêleront au silence doux d'une nuit d'été, où un corps d'enfant abandonné dans la neige se confondra avec celui d'un homme tombé parmi les aiguilles des épinettes. Peut-être n'aura-t-elle même pas de souvenir si elle est attachée par le cou à la potence. Parfois l'ombre joue sur les branches, qui semblent s'entrouvrir, poussées par le corps d'un homme. Il ne peut sortir de la forêt, puisqu'il y est étendu quelque part sur le sol comme une branche morte. Demain, au matin, elle ira au monastère. Elle se confessera au moine. Elle n'a pas commis une faute, mais elle doit aller s'agenouiller devant le moine. Il sait que cet homme a abandonné un enfant derrière lui, dans la tempête qui flambait comme un incendie blanc. Un moine peut-il effacer la faute d'avoir tué un homme? Il y a une mort, et cette mort est juste. Cet homme ne doit pas revenir. Alors, pourquoi guette-t-elle les abords de la forêt? Voudrait-elle qu'il revienne? Elle ne doit pas espérer. Comment se vêtira-t-elle pour aller au monastère? Il y a si longtemps qu'elle ne s'est pas éloignée de cette cabane. A-t-elle tant de robes qu'elle doive hésiter à en choisir une? Elle ira chez le moine habillée comme elle est, de cette jupe grise échiffée d'avoir traîné sur le sol. Elle ne déguisera pas son péché par la coquetterie. Elle n'a pas péché. L'enfant était impuissant contre son père. L'enfant ne pourrait jamais se venger. La mère avait donné le coup. Elle n'était plus cette femme qui avait aimé cet homme. Les hommes et les femmes sont soumis à des lois auxquelles obéit le sang. Tuant cet homme, elle a obéi. Comment pourrait-elle être coupable d'avoir obéi? Quand elle ira se confesser au vieux moine, elle s'agenouillera à ses pieds et avouera à voix basse qu'elle a empoisonné cet homme. Le moine lui demandera si elle regrette sa faute. On ne regrette pas ce qui a dû être fait. Elle répondra qu'elle regrette. Mais son âme saura que si cet homme revenait à la vie, par miracle, elle préparerait un autre poison. Elle mentira comme elle a tué: elle le doit. Le moine lui pardonnera et il priera en latin. Après la confession, elle se taira, femme déjà condamnée. La nuit, descendue depuis longtemps, l'enveloppe comme si elle était aveugle. À tâtons, elle avance vers la cabane. Elle a oublié de manger. Cet homme, là-bas, n'a pas mangé non plus. Elle ira au monastère confesser son crime dès que la lumière sera revenue. Cette nuit encore il lui semble que le matin se refuse à naître. Depuis plusieurs heures, elle est étendue sur le grabat. Son homme aussi est étendu dans la nuit. Les bêtes ont-elles déchiré son corps? Le corps de Virginie est aussi de chair, et les bêtes pourraient être attirées. A-t-elle verrouillé la porte? Tremblante, elle se lève. Désormais, chaque jour et chaque nuit seront infiniment longs. Elle entrouve la porte pour regarder si

122

l'aube s'approche. Les épinettes sont confondues avec la nuit. Tout est nuit. Elle a tué. Elle referme la porte. Son âme est dans le péché. Le bon Dieu ne veut-Il plus éclairer la terre où elle vit avec son péché? Si la nuit n'a plus de fin, elle partira à tâtons, elle trouvera son chemin dans le grand désordre obscur de la forêt, elle lavera son âme dans les oraisons du moine. Elle s'assied, tout habillée, sur son grabat. Elle attend. Soudain, la lumière bondit sur elle brutalement. Elle est éblouie. Elle a dormi. Longtemps peut-être. La journée semble avancée. Elle se précipite hors de la cabane. Elle va chez le moine. Le jour est rempli d'une lumière généreuse. Les épinettes scintillent. Elle attend depuis si longtemps ce moment d'aller au monastère où le vieux moine pleurera en l'entendant. Et si cet homme revenait. S'il n'était pas mort... S'il avait échappé au poison... Cet homme qui toujours pense à demain est parti explorer la terre voisine en vue d'agrandir son domaine, mais en marchant, il aura dû juger que sa terre est bien petite et que la forêt est bien grande. Il veut posséder toute la forêt. Il aura dû marcher avec cette idée comme si elle était une musique, marcher comme il avait dansé; il n'aura compté ni les jours ni les nuits, et il apparaîtra, un soir, bientôt, ce soir peut-être. Il n'est pas mort; on ne punit pas un homme qui a été frappé par un grand malheur, une nuit de tempête. Si les vents furieux lui arrachent son enfant, cet homme souffre autant que si on lui arrachait le coeur. Si cet homme est fort comme s'il avait deux coeurs, il ne faut pas le punir de ne pas se laisser renverser par le malheur. Elle sait maintenant ce que signifie vieillir: être seule et abandonnée et perdue et impuissante. Mais il va bientôt revenir, car, avant de partir, il a déposé sa semence dans son ventre. Pourquoi aller chercher de l'aide au monastère? Il va surgir, barbu et affamé et heureux: il va pousser écarter les branches d'épinettes, il va apercevoir, au bout de l'aire défrichée, sa cabane, sa femme et crier:

— Virginie!

Elle attend. Une femme doit attendre l'homme. Elle sait qu'elle dansera encore avec cet homme. Elle dansera à s'étourdir. Quand il va revenir, elle va se précipiter dans ses bras et ils vont tourner, danser, et elle inventera la musique dans sa bouche. Il y a longtemps qu'ils n'ont pas dansé. Cet homme a tant travaillé. Et, petite fleur de ville transplantée, elle a eu peine à vivre; la forêt est remplie d'âmes venues des temps passés et leurs voix rendent tristes les pensées d'une jeune femme. Elle n'est plus triste maintenant. Elle attend. Elle est debout dans le soleil, les yeux tournés vers la forêt. Il va revenir. Elle sent dans son ventre une petite étincelle vivante. Elle oublie la grande nuit noire de la tempête. L'homme va revenir. Ensuite, elle attendra l'enfant.

* * * * * *

Les nuits sont de plus en plus longues. Elle fut plusieurs nuits sans dormir, mais maintenant, elle s'élance dans le sommeil comme si elle se laissait tomber d'une falaise sans jamais toucher le fond. Elle dort à en être fatiguée. Elle dort aussi durant le jour; la lumière ne la trouble pas. La lumière n'est pas si différente de la nuit. Parfois, elle distingue très bien les choses dans la nuit et souvent, le jour, lorsqu'elle regarde la forêt, elle se croirait aveugle. Il ne reviendra pas. Elle ne le verra pas sortir de la forêt et crier:

— Je suis pas mort, Virginie, je vis!

Elle s'est penchée pour boire à la source et a vu son visage chiffonné, comme si elle avait vécu plusieurs années. L'eau, d'habitude si délectable, goûtait ce que goûte l'eau oubliée dans les seaux. Ce n'est pas elle qui a versé le poison dans le café de chicorée. Quelqu'un hantait la nuit de la forêt, quelqu'un vivait dans les corps séchés des arbres, quelqu'un chantait dans les vents plaintifs, quelqu'un savait le langage des hautes épinettes. Cette Dame venue des lointains pays du temps passé a empoisonné cet homme. La Dame s'est insinuée en Virginie, comme une histoire s'insinue dans la mémoire, et a pris possession d'elle. Elle devait obéir. Elle était celle qui a des chaînes aux chevilles. Sa vie est un cachot. Elle ne pourra jamais oublier qu'elle a versé du poison dans le café de cet homme. Ce geste était aussi réel que sa mort. Le diable ne veut pas qu'elle regrette son crime. Le diable ne veut pas qu'elle aille confesser sa faute au moine qui construit dans la forêt un refuge pour ceux qui prient Dieu. C'est le diable qui a réveillé dans la solitude épaisse de la forêt cette histoire de la Dame que l'on racontait certains soirs d'hiver et de vent dans son enfance; c'est le diable qui réclamait justice pour l'enfant mort; c'est le diable qui habite la forêt. Virginie peut fuir encore. Ses chaînes ne sont pas assez fortes pour ne pas se rompre aux miracles d'une prière à Dieu. Elle peut fuir. Elle court. Elle va au monastère; elle court vers la maison de Dieu, relevant sa jupe sur ses jambes. Elle ne sent pas ses chaînes. Les épinettes courent avec elle. Derrière elle, le diable s'essoufle. Elle crie au ciel et à la forêt: ''J'ai tué!'', et l'écho renvoie son aveu de montagne en montagne, et les oiseaux s'envolent, effarés. Elle ne peut pas se perdre dans le chaos branchu des épinettes; elle court vers le monastère. Elle a tué, et elle va se faire pardonner par le vieux moine. Son crime est en son âme comme un tison. Ses pieds sont légers. Rien ne les lie plus. Elle court comme si elle était allée cent fois au monastère. Elle entend distinctement des bruits de scies et de marteaux. Elle entend des oiseaux s'appeler d'un arbre à l'autre. Elle entend les chuintements fugitifs des écureuils. Elle entend cogner son coeur. Elle a recommencé à vivre. Le monastère s'est agrandi. Les murs se sont rallongés. Il y a des toits nouveaux. Des hommes s'affairent, la scie ou le marteau à la main. Certains portent la soutane. Un soir de tempête, elle était entrée dans ce monastère. Elle n'y est pas revenue. Elle demande le vieux moine. Il vient. Elle s'agenouille. Tout va très vite. Tout ira très vite:

— Mon père, j'ai tué. Un homme. Mon homme.

Le vieux moine chancelle. Il ne veut pas croire ce qu'il a entendu. Son visage a blêmi.

— Venez, mon enfant, à l'ombre; ce soleil est trop violent pour un vieil homme et sans doute aussi pour le front pâle d'une jeune femme.

— Pardonnez-moi mon père parce que j'ai péché. J'ai tué un homme. J'ai préparé le poison. J'ai attendu que le poison l'ait brûlé et je suis venue me confesser à vous.

Elle est soulagée, libérée. Elle pense aux légumes qu'elle n'a pas arrosés d'eau fraîche depuis plusieurs jours; ils doivent avoir soif.

— Ma fille, vous vous accusez d'une faute très grave.

Le vieux moine s'est agenouillé devant elle; il a fermé les yeux pour prier ou pour ne pas la voir.

— J'ai tué mon homme.

Le vieux moine ne peut rester agenouillé, il se lève péniblement.

— C'est un crime, mon enfant: le bon Dieu vous a fait le cadeau de la vie; dans Sa sagesse, Il a créé votre corps pour qu'il porte la vie, et vous avez accouché de la mort.

— Avant la mort de mon homme, mon père, je lui ai demandé de déposer dans mon ventre une semence de vie.

— Ma fille, votre enfant sera pendu dans votre ventre quand vous serez pendue au bout de la corde.

Cette cérémonie est bien longue. Le vieux moine ne cesse de parler; les légumes vont mourir de soif. Si elle pouvait maintenant aller les arroser, elle les sauverait malgré le soleil trop ardent et la terre trop sèche.

— Mon enfant, avez-vous réellement commis la faute dont vous vous accusez?

En septembre, le blé d'Inde sera doré et les pommes de terre seront fraîches. À l'automne, l'enfant commencera à bouger dans son ventre. Elle cordera beaucoup de bois sec pour l'hiver.

— Vous serez pendue à la potence, mon enfant. Et si vous n'avez pas la ferme contrition de votre énorme péché, vous serez damnée. Avez-vous le ferme regret de votre péché?

— Mon père, je suis prête à regretter ma faute du fond de mon âme, si mon regret redonne la vie à mon homme. Mais si mon regret ne lui redonne pas la vie, c'est inutile de la regretter.

Le vieux moine n'a plus de voix. Il chuchote:

— Si vous n'avez pas de regret, mon enfant, vous serez

damnée et votre âme perdue sera condamnée à errer dans la souffrance pour l'éternité. Il ne m'est pas permis de vous bénir, mon enfant, si vous n'avez pas de regret. Votre âme errera parmi toutes les douleurs qui errent sur cette pauvre terre.

Brusquement, la voix du vieux moine devient puissante:
— Emmenez-moi cette âme damnée à la potence!

Des grosses mains d'homme s'abattent sur elle. Tout ira vite maintenant.

* * * * *

Oiseau sans ailes, elle tombe. Tout va trop vite. Elle est entourée d'hommes qui l'injurient en silence, qui la poussent et la bousculent. Certains portent des fusils, d'autres leur hache. Veulent-ils se protéger des animaux sauvages? C'est elle, plutôt, qu'ils craignent; dans leurs regards, elle devine que ces hommes qui n'ont peur de rien sont effrayés par une femme qui a tué un homme. Le groupe s'arrête chez le fermier au village voisin où cet homme et elle s'étaient arrêtés, avant le grand malheur. Elle reconnaît la maison. Le fermier sort. Sa femme le suit. Puis, les enfants. Elle les reconnaît. Elle se souvient si bien. Ils s'empêchent de la regarder. La femme pousse les enfants à l'intérieur. L'homme attelle le cheval à sa charrette. La femme ne veut pas que Virginie monte dans leur charrette. ''Cette voiture a pas été faite pour charroyer le diable!'' Les hommes grimpent dans la charrette. Virginie suivra derrière. Pesamment, dans la boue cailouteuse, la charrette s'ébranle. Dès qu'ils ont disparu de la vue de la femme du fermier, les hommes sautent de la charrette et y poussent Virginie. Le fermier fuit sa charrette. ''Je veux pas m'asseoir à côté d'une sorcière empoisonneuse.'' Elle s'assied et tire sa jupe sur ses jambes. Ces hommes la regardent avec une faim violente dans les yeux. Le fermier saisit son cheval par la bride: ''Si le diable veut partir avec mon cheval, moé, je vais tenir l'animal par la gueule''.

— Le temps donné à cette sorcière, c'est pas du temps consacré à la maison du bon Dieu. On devrait l'attacher à un arbre et l'abandonner aux ours!

— Les ours sont peut-être ben plus intelligents que les hommes; i' oseront pas l'approcher.

— Que le bon Dieu nous aide à ne pas manquer de charité chrétienne envers cette pauvre pécheresse, dit l'un des jeunes moines qui ont relevé leur soutane au-dessus de leurs genoux afin qu'elle ne traîne pas dans la boue.

— Prions, dit l'autre jeune moine, afin que la punition de Dieu ne s'abatte pas aussi sur Ses fidèles serviteurs qui mènent la pécheresse à la potence.

— Au lieu de prier, on devrait la pendre tout de suite, comme les chrétiens pendent les tueuses; le juge pourrait la juger plus tard.

— Dans le bon vieux temps, on brûlait les sorcières; je me demande pourquoi aujourd'hui on donne à ces dames le privilège d'avoir une corde neuve autour du cou. Et en plus, il faut mettre des gants blancs pour faire le noeud.

Écoute-t-elle? N'écoute-t-elle pas? Elle entend ces hommes tout autour d'elle, armés de fourches, de fusils et de bâtons, geindre, menacer, blasphémer, prier, maudire, mais elle n'a pas peur. Elle entend, mais il lui semble qu'elle n'est pas là, au milieu de ces hommes vociférant. C'est plutôt le ronronnement des moyeux sur les essieux qu'elle écoute. Les voix de ces hommes sont si lointaines, comme d'un autre temps. Un temps qu'elle a déjà quitté. Mais les grosses roues cerclées de fer tournent, s'enfoncent dans la boue, roulent dans l'eau d'une rivière, buttent contre des cailloux, deviennent muettes dans l'herbe ou la mousse et tout à coup grondent sur le tuf. Les roues tournent lentement; elle pourrait compter les raies, une à une. Pourtant, tout va trop vite. La roue tourne et elle la contemple, fascinée; chaque tour éloigne d'elle l'homme effondré dans la forêt, le morceau de terre dépouillé de ses épinettes, la cabane de rondins, le monastère. Même les hommes qui l'entourent, avec leurs voix comme des aboiements de chiens, semblent lointains. Tout va trop vite. Le soir déjà s'avance. Elle le voit venir par-delà les arbres. Ils ont déjà traversé deux villages. Les églises se ressemblent avec leur clocher piqué dans le ciel (et la croix qu'elle n'ose plus regarder); les petites maisons collées sur le chemin se ressemblent aussi; les gens courent pour l'apercevoir: les injures sont les mêmes de village en village. La roue tourne. Son corps ne peut plus supporter d'être meurtri par les secousses. Sa chair brûle sur ses os. Elle voudrait se lever et descendre de la charrette: elle reçoit comme un coup de fouet à chaque tour de roue. Elle se lève. Les hommes lui ordonnent comme à un chien de se coucher. Ces hommes la torturent avant de la pendre. Les soubresauts brûlent son corps comme du feu. Elle ne peut plus supporter. Elle geint comme une bête souffrante.

— Prions, mes frères! Que les malédictions de la sorcière ne retombent ni sur nous, ni sur nos terres!

La nuit est venue. Elle ne voit plus tourner la roue. Elle ne voit plus rien autour d'elle. Les hommes font des taches sombres dans la nuit, car ils sont plus noirs qu'elle. Quand la descendront-ils? Le temps s'est arrêté. L'attente du retour de cet homme avait duré longtemps, longtemps. Et tout s'était enflammé avec violence. Tout s'apaise à nouveau: le feu du temps s'amortit. La voiture ne bouge plus. Péniblement, dans un douloureux effort, elle se lève. Une fenêtre est éclairée tout près.

— Descends! rugit une voix.

Elle est bousculée vers la fenêtre éclairée. On la traîne dans une maison qui sent l'urine d'enfants. Plusieurs sont rassemblés autour de la table. Les uns regardent. Les autres pleurent. On la tire vers une trappe dans le plancher. On la pousse dans l'échelle qui descend. Elle touche aussitôt le sol. L'échelle est courte. On lui jette des sacs de jute qui sentent encore l'avoine. La trappe se referme sur sa tête. Elle comprend qu'elle dormira là, dans cette cave, enroulée dans le jute.

— Y a d'la soupe aux choux pour les hommes, mais i' s'ra

pas dit que les choux que le bon Dieu a fait pousser dans notre terre vont servir à nourrir une sorcière.

— Qu'elle crève comme elle a fait crever son homme!

— La prochaine soupe qu'elle se mettra dans le ventre sera le bouillon de la prison.

— Prions. Demandons à Dieu que le péché de cette femme ne s'imprègne pas dans le bois de cette maison.

Elle les entend parler. Au-dessus d'elle, le plancher craque et se courbe, sous le poids des genoux qui se posent. Elle entend murmurer la prière. Puis, ils se lèvent. Elle a trouvé en tâtonnant les sacs qu'on lui a jetés. Elle les étend autour d'elle et s'assied. À côté des sacs, la terre est humide et froide. La nuit est plus épaisse qu'aucune de celles qu'elle a connues dans la forêt. Aucun fil de lumière ne tombe du plancher. Au-dessus d'elle, des pieds marchent partout et sans cesse. Elle arrache de son visage les toiles d'araignées. Elle est dans un cachot comme la Dame qui avait des chaînes aux chevilles. Ces hommes l'auraient attachée avec les chaînes qui servent aux chevaux à tirer les troncs abattus s'ils n'avaient craint qu'elle ne leur jette un sort. Le vieux moine ne lui a pas pardonné. Les hommes ne lui pardonneront pas. Ils mangeront, dormiront et la conduiront à la potence. Elle devait tuer cet homme. Mais pourquoi s'est-elle tenue, durant d'interminables jours, tournée vers la lisière de la forêt, guettant son retour? Espérait-elle ne pas l'avoir empoisonné? Souhaitait-elle que cet homme sans regret triomphe du poison? Elle sait avec certitude, dans son âme noire, qu'elle n'attendait le retour de l'homme que pour être assurée de sa mort. Elle sait, d'une sombre certitude, que si l'homme était revenu, le mâle aurait accouru vers la femelle qu'il n'avait pas humée depuis plusieurs jours. Elle l'aurait laissé s'approcher, puis avec ruse, elle se serait enfuie dans la cabane en poussant de petits cris. L'homme aurait rugi, car il n'aurait pu contenir en lui-même tout son plaisir de savoir que la femelle ne pouvait plus lui échapper, et ce mâle sans passé, cet animal barbu, parfumé des odeurs de la résine et de la sueur, voyant la femelle prisonnière de la cabane, se serait élancé vers elle en bramant. Dans la porte, un coup de feu lui aurait arraché la tête du cou. En un grand éclair de sang, la mort l'aurait foudroyé. Elle n'aurait eu aucun remords. Aucune tristesse. Il mangent; à travers le plancher, elle sent, plus fort que le remugle de la terre et de la nuit enfermées dans cette cave, l'arôme du chou dans la soupe qu'ils lapent dans leurs bols. Ensuite, quand ils auront le ventre plein, ils voudront se prouver qu'ils n'ont pas peur d'elle et ils viendront plusieurs et s'empareront d'elle. Elle ne les craint pas. Elle ne craint pas cette nuit où on l'a jetée. Ces hommes croient tenir une jeune femme qui a cessé d'aimer son homme parce que la forêt n'avait pas autant de fêtes que la ville et qui, pour retourner dans sa ville de Québec, a tué cet homme qu'elle détestait comme elle haïssait la forêt. Une âme qui errait dans les grands vents de la nuit occupe son corps; elle s'y est installée comme le feu dans l'âtre, comme le passé dans la mémoire. Virginie n'a plus de regret, elle n'a pas peur, et elle sait des choses qu'il faut des centaines d'années pour apprendre. Elle vivra dans un cachot, et ses chaînes traîneront longtemps derrière elle. Un jour, elle errera, elle aussi, dans les histoires du temps passé que l'on racontera de génération en génération et que les enfants écouteront, hypnotisés. Une nuit, l'une de ces enfants connaîtra un grand malheur. Alors, dans le vent, elle se souviendra de l'histoire d'une Dame, racontée dans son enfance, qui avait des chaînes aux chevilles parce qu'elle avait empoisonné son mari dans la forêt. Seule l'enfant meurtrie comprendra vraiment l'histoire de Virginie. Elle saura pourquoi Virginie n'avait ni regret ni remords. Aujourd'hui, dans sa cave, Virginie sait que la Dame avait été condamnée parce qu'elle avait empoisonné son homme. Virginie se souvient mieux de cette mort que celle de son homme dans la forêt. Elle revoit le bateau au port. La prendra-t-il aussi? Quelle magie

transformera le poteau du gibet en un mât de bateau auquel sera fixée une grande voile? Un miracle de Dieu? Elle frissonne lorsque ce mot traverse son esprit. Désormais son compagnon est le diable. C'est par lui qu'elle ne connaît ni peur ni remords. Les hommes doivent avoir fini de manger. Ils rient comme si les paroles leur chatouillaient la gorge. Elle sait qu'ils ont bu de l'alcool. ''Prions!'', entend-elle.
— Prions, dit l'un des moines, afin que l'ivresse ne nous engage pas dans le péché.

Les hommes vont descendre.Elle n'est pas seule dans les ténèbres. Le diable qui l'a aidée à préparer le poison ne l'abandonnera pas. Elle sera forte contre ces hommes. Un cri d'enfant effrayé, comme s'il était mordu par une bête: l'enfant hurle ses pleurs en même temps que ses mots. À la fin, elle comprend. L'enfant ne peut pas dormir dans son lit. La sorcière, dit-il, montre à la fenêtre son visage violet et sa bouche qui ressemble à une gueule de chien; même si elle a été enfermée dans la cave parce qu'elle est une sorcière, elle peut aller où elle veut. L'enfant étouffe de sanglots, en disant qu'il a senti sur ses jambes les longues mains froides de la sorcière et les griffes à ses doigts. L'enfant est affolé. Entre ses sanglots, il hurle des mots d'effroi: la sorcière va mettre le feu à la maison. D'autres voix d'enfants pleurent avec autant d'angoisse que le premier; ils ont aussi peur que le premier. Eux aussi ont vu le visage vert ou violet dans leur fenêtre; la longue main glaciale de la sorcière s'est glissée sur leurs jambes. Tous les enfants pleurent ensemble, d'une même peur. Leurs cris sont aussi grands que s'ils provenaient d'enfants égarés dans une forêt noire. Comment les enfants pourraient-ils n'être pas effrayés, quand ces hommes tremblent en l'approchant? Une voix, plus puissante que celle des enfants:
— Mon mari, tu vas nous jeter cette sorcière dehors avant qu'elle fasse trop de mal! Mon mari, décide si c'est avec la sorcière que tu veux coucher, ou ben avec ta femme!

Les sanglots de la femme recouvrent ceux des enfants. Et

134

ses cris deviennent si stridents que les pleurs des enfants se taisent.

— Pourquoi avez-vous amené cette tueuse icitte? Elle a tué; pourquoi l'avez-vous pas pendue dans une épinette? Pourquoi lui avez-vous pas écrasé la cervelle vicieuse avec des roches comme on le faisait aux bons temps de Jésus-Christ?

On ouvre la trappe. Tout ira vite maintenant. Ses yeux s'étaient habitués à la nuit. Ils ne peuvent supporter la lumière. Déjà elle est dehors. À cause de la lumière qu'elle a eu le temps d'apercevoir dans la cuisine, ses yeux ne supportent pas la nuit non plus. On la pousse dans la charette. Tout ira trop vite. Les hommes ont bu. Elle n'a pas peur. Ils chantent de ces chansons que braient les hommes quand ils ont bu. La charrette se met en branle. Un fanal éclaire le chemin, à l'avant. Pas une étoile ne perce le ciel. Pourquoi ces hommes ne lui permettent-ils pas de marcher derrière la charrette? Craignent-ils de la perdre? Croient-ils qu'ils sont trop ivres pour la surveiller? Son corps ne peut plus souffrir les soubresauts de la charrette sur la mauvaise route. Elle aurait été fouettée par ces hommes qu'elle aurait le même feu dans le dos. Tout ira beaucoup trop vite. Les hommes, qui riaient comme s'ils avaient vomi en se racontant des histoires, ne rient plus; ils ne chantent plus. Ils marchent en silence. Elle entend leurs pas écraser l'herbe ou pousser les cailloux. Ils marchent comme s'ils dormaient. Elle ne veut pas fuir. Elle n'a envie que de dormir. Il y a si longemps qu'elle n'a pas trouvé le sommeil. Elle ne regrette rien. Elle n'espère rien. Elle peut dormir. Dormir c'est comme mourir. Elle s'est habituée au brinqueballement brutal de la charrette. Son corps ne sent plus la douleur des cahots. Il lui semble être dans une chaise berçeuse. On la berce. Elle ne connaît pas très bien cette Dame qui la tient sur ses genoux, mais elle aime la chaleur de son corps, elle aime ces mouvements de la chaise sur les arceaux. Elle s'est endormie. Ce bruit de chaînes, au loin, n'est que le bruit doux des bijoux de la Dame. Elle est une petite fille qui a fait des cauchemars et que la Dame a rassurée, sur ses genoux. Elle dort, elle n'a plus peur. La nuit est douce. Soudain, la lumière lui blesse encore les yeux. C'est le jour. Elle est aveuglée. Puis, son regard se nettoie des poussières obscures de la nuit, et elle aperçoit des hommes autour de la charrette, des maisons peintes, les champs au loin. N'est-ce pas le fleuve là-bas, au fond, comme une longue prairie ensemencée d'avoine bleue? Et sur l'autre rive, la ville de Québec? La maison de ses parents se trouve parmi ces maison entassées. Elle ne désire pas la revoir. Elle n'est pas la fille de ses parents, sinon elle n'aurait jamais tué un homme. La fille de ses parents avait un enfant dans les bras lorsqu'elle a quitté leur maison et, dans sa charrette, Virginie a les bras vides. Devant elle, quelque part, se trouvent le cachot et la potence. Ah! si tout pouvait aller plus vite... Les roues de la charrette semblent engluées dans une boue épaisse. Elle est engluée dans un temps qui ne passe pas. Pourtant, la charrette avance. Pourtant, les hommes marchent. Pourtant, le cheval tire entre les brancards. L'on arrive au bac qui traverse le fleuve. Les autres voitures s'écartent. On l'insulte. Personne ne veut monter dans le bac qui traverse la sorcière. Elle traverse seule, dans la charrette, entourée des hommes qui l'accompagnent depuis le monastère.

— Prions, dit l'un des moines, que le bac ne s'enfonce pas sous la malédiction du Seigneur.

— Cette sorcière peut tous nous noyer.

— Prions.

Les hommes dénouent des chaînes accrochées à la charrette et les enroulent autour de son corps. Elle ne pourra ainsi se sauver, ni sauter à l'eau. Le bac quitte la rive. Ceux qui n'ont pas voulu partir avec elle lui souhaitent de sombrer dans le fleuve. Ceux qui partent avec elle injurient ceux qui sont sur la rive:

— Si elle sombre, nous, on se noie. Nous, on n'a tué personne; nous, on est d'aussi bons chrétiens que vous. Et nous, on vous souhaite pas le malheur.

Le bac accoste à Québec. Comment sait-on qu'elle a tué? Des gens attendent sur le quai. On l'injurie. On la maudit. Les hommes qui entourent la charrette doivent crier des menaces, lever le poing, agiter les fusils et les bâtons pour faire un passage parmi ces curieux qui jurent, insultent et menacent. Elle n'a pas peur. Elle connaît ces rues de pavés. Elle connaît ces maisons. Elle n'a pas envie d'y entrer. Elle n'y entrera jamais. Et elle n'a pas envie de marcher dans les rues. Elle connaît ces pierres, ces fenêtres, ces portes. Elle connaît ces trottoirs. Mais elle ne se souvient pas d'elle, enfant ou jeune fille, habitant ces lieux. Elle ne se souvient que de la forêt, elle ne se voit que près de la cabane en rondins. La ville autour d'elle tourne comme une grande roue. Elle a tué un homme. De tout côté, on l'insulte. Elle n'a pas peur. Bientôt, elle sera à l'abri. La charrette et les hommes qui l'entourent passent devant la maison de ses parents. Elle ne regarde pas. La femme qui a tué un homme ne veut pas voir l'enfant qui a vécu là. Ah! si tout pouvait aller plus vite. Les attelages, les voitures chargées s'écartent devant elle, mais il lui semble que sa charrette n'avance plus. Des insultes tombent sur elle. On a lancé des cailloux. La charrette grimpe vers la Ville haute. Les grandes dames de Québec vivent dans la Ville haute. Elle sourit. Elle n'a pas souri depuis si longtemps. Elle a tué un homme et elle sourit. Elle est si fatiguée. Elle était si éloignée, dans sa forêt. Elle aurait tant désiré, certains soirs, n'être pas dans cette cabane dont la bise transperçait les murs, mais se retrouver dans la maison de ses parents imprégnée du fumet chaud de boeuf rôti aux pommes de terre, aux carottes et aux oignons. La charrette s'est arrêtée. Des hommes, avec des gestes presque affectueux, l'aident à se mettre debout et à descendre. Elle est si fatiguée. Tant de cauchemars ont traversé sa tête. Elle a eu si peur. Ses idées n'ont jamais été autrement qu'en tempête. Elles ont traversé son âme amenées par des vents déments. Elle ne sait plus ce qu'elle a rêvé. Elle n'a jamais demandé de retourner à la maison paternelle même si, dans sa cabane, elle grelottait de froid ou de la peur que lui inspirait le grand silence rempli de voix muettes. Elle devait rester auprès de cet homme. Elle l'a tué. Virginie lui a donné la mort. Est-ce moins que l'amour? Sur le visage de cet homme étendu quelque part dans une forêt, il doit y avoir aussi un sourire: celui de l'homme qui a reçu ce qu'il méritait. Une imposante maison de pierre, un château. Elle sait ce que c'est. Elle monte l'escalier. Les hommes venus avec elle ne l'abandonnent pas. Des hommes descendent l'escalier, en uniforme. Ils ne l'injurient pas. On la dirige vers une porte ouverte. Derrière une table où sont entassés des papiers, un homme en uniforme l'attend.

— Cette Dame, dit l'un des moines, a tué son mari. Elle s'est confessée, mais n'a pas manifesté de ferme regret. Elle s'est présentée à la justice de Dieu, mais elle se soumet maintenant à la justice des hommes.

Elle n'a pas peur. Elle sait ce qui va arriver. Il lui semble qu'elle a déjà vécu ce moment. Elle sourit. L'officier derrière la table a trempé son porte-plume dans l'encrier:

— Nom. Prénom. Occupation. Âge...

* * * * *

L'homme vêtu de noir nettoie ses lunettes avec un grand mouchoir blanc. Il frotte méticuleusement chaque verre. Il replie son grand mouchoir et le range dans sa poche. Puis il assied ses lunettes sur son nez et les accroche solennellement à ses oreilles. Il la regarde pour la première fois. Comme si elle n'était pas devant lui depuis longtemps, entre ses gardes. Il la scrute comme si elle était toute petite, comme s'il avait de la peine à l'apercevoir. Il l'examine. Cherche-t-il sur elle une marque de crime? Il ne trouve enfin rien. Il renifle. Puis, il fouille dans un tas de dossiers empilés, choisit une feuille, commence à lire. "Non, ce n'est pas ce que je cherche". Il fouille encore, commence à lire pour lui en murmurant: "Oui, c'est celui-là...

— "Je, soussignée, Virginie..." C'est toi, ça Virginie?
— Oui, c'est mon nom de baptême.
— Je demande pas si c'est ton nom, je demande si c'est toi... C'est toi que la Cour va juger. C'est pas ton nom.
— C'est moé, Monsieur.
— Ie ne suis pas Monsieur, je suis un juge. Dites: Votre Honneur le juge.
— C'est moé, Votre Honneur le juge.
    La voix sciante poursuit:
—"...déclare sous serment prêté sur les Saints Évangiles, en ce dix-neuvième jour de juillet de l'année 1862, sous le règne de la Très Gracieuse Reine Victoria, avoir commis un meurtre à l'égard de mon mari, nommé Victor..." Ton

homme s'appelait Victor? etc. etc. "...utilisant pour le crime un poison fait de champignons vénéneux connu sous le nom de pain du diable, cuit, versé dans son café de chicorée. Sous le même serment, je déclare avoir commis le crime en toute connaissance et froidement, et je reconnais que le motif de mon acte était la vengeance parce que cet homme avait causé la mort de mon enfant. Reconnaissant mon entière responsabilité, et avec chagrin mais sans remords, je signe en toute liberté la présente confession, me remettant entre les mains de la justice du bon Dieu, de Sa Majesté la Reine et des hommes." Et c'est signé... etc. etc. Hum... Tu... Vous... Donc, vous avez assassiné votre mari. Avez-vous une preuve?

— I' est mort, Votre Honneur.

— Avez-vous vu son cadavre?

— I' est mort dans le bois, Votre Honneur, et i' doit avoir été mangé par les ours, Votre Honneur.

— Et vous croyez qu'on peut vous faire un noeud autour du cou et vous pendre à la potence et ouvrir la petite porte en-dessous de vos pieds sans avoir une preuve que vous le méritez?

— Quand une femme tue son homme, Votre Honneur, elle sait si elle l'a tué.

— Moi, je sais que si une femme tue son homme, elle verse des larmes. Pour moi, ce serait une preuve. Mais vous avez les yeux secs. Je vais vous parler de votre homme. Il marchait dans la forêt en pensant à l'enfant qui allait naître l'hiver prochain. Il rêvait d'agrandir sa terre pour donner un héritage plus grand à sa descendance. Soudain, il s'arrête pour se désaltérer. Il s'assied. Il arrache le bouchon de la bouteille où sa femme a versé du café. Au parfum dans son nez, il ne peut s'empêcher de penser à sa femme; il ne peut s'empêcher d'aimer sa femme. Le coeur de cet homme est trop petit pour son amour. Tout à coup, après avoir avalé une grande gorgée, son ventre est envahi par d'infernaux serpents de feu. Les serpents de feu rampent peu à

140

peu dans tout son corps. Ils rentrent dans ses intestins, ils mordent partout. Cet homme ne peut plus respirer, il étouffe, il devient noir comme s'il avait été brûlé par le feu. Il ne peut même pas crier. Il est au fond des bois, loin de sa cabane où il a laissé la femme qu'il aime. Il est trop loin. La femme qu'il aime ne peut pas l'entendre. L'homme empoisonné, tout brûlé par le poison, est déjà mort, mais il se tord encore de douleurs; même s'il est mort, il souffre, et ses sueurs sont bouillantes. Il a mal et ne peut appeler au secours la seule personne au monde qui aurait pu l'aider. Le poison a fait enfler sa gorge. Son visage est noir comme un abatis. Il est mort sans savoir que la femme qu'il aimait est celle qui lui a fait boire ce poison mortel. Quand je vous parle de cet homme qui n'a pas pu vous appeler à son secours, pensez-vous, maintenant, que vous y seriez allée si vous aviez pu l'entendre?

— Votre Honneur, si je l'avais entendu m'appeler à son secours, j'y serais allée, Votre Honneur. Je lui aurais donné à boire une autre gorgée de poison!

Elle s'est entendue et elle a frissonné. Elle n'a pas voulu parler ainsi, et pourtant, c'est ce qu'elle s'est entendue dire. Ces mots terribles sont venus dans son souffle et se sont formés entre ses lèvres. Celle qui a parlé n'est pas elle-même, mais cette Dame qui habite son corps. Elle n'a pas peur. Si le juge lui demandait de répéter ces paroles, elle les prononcerait de sa propre voix, de son propre souffle.

— J'aurais voulu voir des larmes dans vos yeux, mais vous êtes une criminelle qui ne pleure pas. Qu'ils pleurent ou qu'ils gardent les yeux secs, les assassins sont condamnés à être pendus au bout d'une corde.

On la conduit à son cachot. Ses chaînes glissent sur le plancher. Ce bruit lui donne la sensation d'être très grande. Les pas des deux gardiens qui la suivent sont silencieux. Elle marche fière. Ce bruit des chaînes est aussi l'écho lointain d'un bruit ancien. L'on referme sur elle la porte. Il fait frais. Même si c'est, dehors, juillet. Elle connaît bien le froid constant de l'hiver qui insinue des aiguilles dans la chair. Dans ce cachot, le froid se promène sur sa peau comme de petits vers glacés. Elle connaît ces murs qui semblent pleurer; elle connaît l'odeur de la paille sous sa couverture de laine; elle n'ignore rien de ce cachot. Le plancher est de bois; elle aurait cru qu'il était de pierre. Elle n'est plus la fillette qui, le soir, s'agenouillait, les coudes appuyés sur une chaise, les mains jointes, et qui répétait avec piété les invocations que son père adressait au bon Dieu; elle n'est plus cette fillette penchée sur ses cahiers d'écolier, appliquée à tracer des lettres selon les lois rigides que lui enseignait une religieuse cachée dans sa robe noire; elle n'est plus cette adolescente qui enfilait en tremblant de plaisir la robe que sa mère avait cousue d'après les dessins à la mode de la revue américaine, et qui sentait ses jambes fondre lorsque, dans la rue, un garçon la regardait en rougissant; elle n'est plus la jeune fille qui, un soir de Mardi-gras, avait dansé avec un soldat tard dans la nuit; elle n'est plus cette jeune femme qui attendait le retour de son homme et la naissance de son enfant pendant des jours longs comme des semaines et des mois longs comme des saisons; elle n'est plus cette jeune femme avec son enfant dans le traîneau chargé de sacs et d'outils, qui, voyant les arbres s'ouvrir pour les laisser entrer et se refermer comme l'eau après le passage du bateau, avait appuyé sa tête sur l'épaule de cet homme qui tenait ferme les rênes et lançait au cheval des commandements sur un ton militaire; blottie contre Victor, elle l'avait aimé autant que l'enfant de lui qu'elle portait dans ses bras, elle l'avait aimé autant que la vie. Elle était la femme qui avait empoisonné son homme. Mais cet homme n'était pas Victor, car Victor n'aurait pas abandonné dans la neige un enfant: il n'aurait pas jeté son enfant dans la tempête comme il a jeté des sacs de provisions et des sacs d'outils pour se délester; il n'aurait pas abandonné son enfant aux bêtes de la forêt, ni aux vents. Oh! s'il avait été Victor, cet homme n'aurait pas tué son enfant. Mais cet homme dans la tempête n'était pas Victor, et cette femme dans la forêt n'était pas Virginie. Dans la forêt errent des âmes condamnées. Elles cherchent des corps comme des bêtes affamées. Ces âmes ont envahi leurs corps. Elle n'était plus Virginie. Il n'était plus Victor. Cet homme qui n'était plus Victor a tué un enfant. Elle qui n'était plus Virginie a empoisonné l'homme qui n'était plus Victor. C'est à cause du vent dans les arbres que tout est arrivé. Tout ira beaucoup trop vite maintenant. Elle sera pendue. Son enfant mourra dans son ventre. Cependant, un bateau attendait la Dame dans un port... Elle ne sera plus jamais une jeune fille qui s'étourdit de danse, une nuit de Mardi-gras. Elle sait que, sur la place du Marché, on a commencé d'ériger le gibet où elle sera pendue. Des coups de marteau, des cris de scies préparent le gibet, la plateforme et l'escalier qui y montera. Les curieux s'assembleront pour la regarder mourir, pour parier sur le nombre de cris qu'elle lancera avant que son corps, au bout de la corde, cesse de s'agiter. Ils viendront commenter l'art avec lequel le bourreau formera le noeud sur son cou (un peu trop à droite, un peu trop à gauche, trop serré, trop lâche). Quelqu'un s'applique à bâtir son cercueil. Elle n'a pas envie de pleurer. Si elle était Virginie, elle pleurerait. Son corps sera attaché, inerte, à la corde, et son âme traînera ses chaînes dans les silences et les ombres de la forêt, et dans les récits que l'on fera aux enfants par les soirs où le grand vent ébranlera les maisons. Elle ne sera plus qu'une Dame sans corps, une passante invisible qui transportera un peu de peur dans la nuit. Elle ne peut empêcher la vie d'être ce qu'elle est: elle ne peut ranimer le souffle de cet homme, elle ne peut retrouver son enfant vivant quelque part dans la forêt, et elle ne peut redevenir celle qui n'a pas tué.

* * * * *

L'on tire le verrou. Ce grincement du fer rouillé lui donne froid dans le dos. Est-ce l'heure du repas? Encore cette soupe graisseuse dans un bol de terre? La porte s'ouvre. Ce n'est pas l'heure du repas. Déjà la potence? Déjà la corde nouée autour de son cou? Elle suit les gardiens. Pourquoi sont-ils si gros? Ses chaînes traînent. Pourquoi ces chaînes? Elle n'a aucun désir de fuir. Elle va vers sa fin, tout simplement. Pourquoi ces gardiens? Elle marche dans des couloirs qui se croisent. Elle se laisse diriger par les gardiens. Leurs gestes sont doux. Elle va vers la potence. Elle ne regrette rien. Tout ce qui est arrivé est juste. Elle aimerait mieux ne pas mourir. Qui peut échapper à la mort? Son homme est mort, l'enfant est mort, elle mourra et, avec elle, la semence que l'homme lui a laissée avant de partir vers l'arbre sous lequel il allait mourir. La mort est juste. Aucun bateau n'attend la Dame. Le noeud se serrera autour de son cou. Elle va mourir, mais elle n'oubliera pas ce soir de tempête. Elle n'oubliera pas cette cabane de rondins au milieu de la forêt, où le malheur a éteint toute parole. Elle est déjà passée par ici. Elle reconnaît des photos anciennes d'hommes barbus. Pourquoi ce regard si dur? Elle ne rencontrera maintenant que des regards durs. En ses derniers instants, elle voudrait sentir un peu de tendresse dans ce qu'elle ne verra plus jamais. L'on pousse une porte. Elle a déjà vu cette salle et ses fenêtres qui laissent voir des murs de pierre. Il y a plusieurs hommes debout: des policiers, des gardiens, des hommes en toge noire, des moines, des hommes de la forêt.

— Connaissez-vous cet homme?

Elle reconnaît cette voix. C'est le juge. Il répète sa question. Elle ne connaît pas l'homme qui lui attachera la corde autour du cou. Le juge insiste. Elle ne veut pas regarder. Il y a trop d'hommes dans cette salle. Elle ne regrette rien. Il n'est pas facile, quand son homme est couché quelque part sans vie sur le sol, de regarder ces hommes qui se tiennent debout. Il n'est pas facile non plus, pour une femme seule, de supporter le regard de tous ces hommes.

— Levez les yeux et regardez bien.

C'est la voix du juge. Il a ordonné. Elle obéit. De l'autre côté de la salle, entre les gardiens qui le retiennent, un homme au visage barbu essaie de se libérer. Il ressemble à cet homme sans vie dans la forêt. Tout à coup, l'homme échappe à ses gardiens:

— Ils veulent pas que je te parle, Virginie. Dis-leur que tu m'as pas tué, Virginie. Tu vois que je suis pas mort, Virginie!

Les gardiens ont repris l'homme. Ils lui tordent les bras dans le dos. Ils étouffent ses paroles en lui pinçant le nez. Il se débat et il grogne. D'autres gardiens surviennent. Elle s'est laissée conduire à une chaise. On l'y a assise. Elle reste longtemps assise. Pourquoi ces gens ne s'en vont-ils pas? Tous ces hommes autour d'elle sont trop patients. Ils n'ont plus le regard dur. Ils ont l'air attendris. Maintenant, ils vont la faire avancer jusqu'à la potence. Tout ira beaucoup trop vite. Elle va mourir. Son âme va se perdre dans le vent; sa tristesse va se cacher dans les épinettes de la forêt. Le juge a parlé. Elle n'écoutait pas. Comment entendrait-elle ce qui se dit sur la terre quand elle est déjà une histoire ancienne qui erre dans le vent?

— Connaissez-vous cet homme?

S'il était vivant, elle le connaîtrait, mais elle l'a empoisonné, et il est tombé il y a longtemps sous un arbre et les loups ont mangé sa dépouille. Une lumière trop vive emplit la salle. Les hommes, autour d'elle, et plus loin sur une tribune, sont trop blancs; cet homme a le visage noirci, les yeux rougis, les mains enveloppées de pansements. Elle le connaît cet homme. Elle l'a tué.

— Répondez, ou vous faites injure à la justice et à la Cour.

Le juge a de la colère dans la voix. Tout à coup, l'homme barbu s'agite comme un poisson et échappe encore à ses gardiens:

— Virginie, c'est moé, ton Victor! Ça fait des mois que tu parles pas, mais aujourd'hui tu dois parler, parce que tout ce monde-là veut te pendre par le cou, Virginie, parce qu'ils disent que tu m'as empoisonné. Moé, je sais que tu m'as pas empoisonné. Il faut que tu leur dises que tu m'as pas empoisonné. Il faut que tu parles, Virginie. Moé je t'aime, Virginie, et je sais que tu m'as pas empoisonné. Je sais que je sus pas mort. Quand l'autre enfant va sortir de ton ventre, tu pourras pas t'empêcher de crier. Quand tu vas crier, c'est moé que tu vas appeler, et moé, je serai pas loin et je vas courir. Virginie, je sus pas mort. Dis-leur que tu m'as pas tué. Moé, je veux pas comprendre qu'ils veulent te pendre parce que tu m'as empoisonné. Je sus vivant! Virginie, écoute-moé respirer. Dis-leur que je sus en vie, parce qu'ils vont te pendre Virginie. Tu leur as dit que tu m'avais empoisonné, Virginie. J'ai mangé tout ce que tu m'avais préparé dans mon sac et j'ai bu le café que tu avais fait toé-même, et si tu avais mis du poison dans le café ou dans la nourriture, moé, je serais couché la face dans la terre en-dessous d'un arbre. Mais je sus icitte, Virginie, et je me sus brûlé les mains, parce que je sus en vie. Si j'avais été défunt, j'aurais pas fait une colère chez les moines, Virginie, quand ils m'ont dit qu'ils t'avaient envoyée au tribunal de la ville de Québec pour te faire pendre. Je sus en vie. Je sus tellement en vie que j'ai débâti le monastère; parce qu'ils ont voulu te faire pendre, les moines sont tout nus dans le bois! J'ai vu de belles forêts où les arbres poussent comme de mauvaise herbe... Virginie, on va établir nos enfants autour de nous et, comme ça, le bon Dieu pourra pas pas nous aimer. Virginie, faut bien faire attention à ce qu'on raconte à des vieux moines parce qu'ils sont un peu sourds; ils comprennent mal et puis, les moines aiment pas les femmes. Il faut pas approcher un moine à moins d'être accompagné d'un homme... Alors moé, je revenais de la forêt, j'avais passé plus de nuits que j'avais estimé, et la porte de la cabane était ouverte, et la cabane était vide. Tu y étais pas, y avait rien qui cuisait, pas de feu dans le poêle. J'ai cherché. Tu étais pas là. J'ai appelé, j'ai crié, j'ai commencé à chercher dans le bois, j'ai crié, y avait pas de traces de toé, Virginie. Et comme je pouvais pas demander des nouvelles de toé aux oiseaux, j'ai décidé d'aller au monastère. Je pouvais pas aller ailleurs. J'ai été accueilli avec de l'eau bénite jetée sur moé comme si j'avais été le diable; on m'a aspergé comme si j'avais été un damné sur la terre. Les moines se sauvaient avec des signes de croix et les hommes qui travaillaient à la construction ont pris des haches ou des masses, et des marteaux, et ils ont commencé à aboyer comme des chiens, et moé, je voulais savoir si les moines savaient où tu étais. Tu vois, Virginie, que je sus pas mort parce que, quand ils m'ont dit que tu avais été conduite à la ville de Québec pour être pendue au bout d'une corde sur la place publique parce que tu m'avais empoisonné, alors moé, j'ai crié assez fort pour que tu m'entendes, si tu étais dans une prison ou si tu étais déjà debout dans le noeud de la corde de la potence, et j'ai crié ton nom, Virginie, parce que je voulais qu'ils sachent que tu es pas une tueuse, et j'ai crié ton nom pour que tu saches que je sus pas mort. On a eu un grand malheur, Virginie, tu t'es enfermée dans le silence parce que tu étais triste, mais tu m'as pas tué, Virginie, et le bon Dieu va nous donner un autre enfant et tu vas oublier notre grand malheur. Moé, je criais pour faire peur aux moines et les effaroucher et leur faire faire une crotte dans leur soutane et leur faire regretter de t'avoir poussée sur la potence, eux que le bon Dieu a créés sur la terre pour transmettre Son pardon aux pécheurs. Je criais comme si j'avais été fou, Virginie. Alors, en même temps, plusieurs des hommes qui travaillaient et des moines se sont jetés sur moé; et moé, je criais que tu m'avais pas tué. Ils m'ont attrapé, je me suis sauvé en criant que j'étais pas mort, et qu'ils ne réussiraient pas à te faire pendre, Virginie. Et la première chose que j'ai vue, c'était un feu, près d'une enclume, où l'on faisait rougir du fer. Je me suis emparé du fer rouge, je les ai menacés, j'ai crié ton nom, Virginie, et j'ai annoncé que je me vengeais parce qu'ils t'avaient conduite à la potence, et j'ai lancé le fer rouge sur le toit du monastère. Et c'était pas assez pour ma colère, Virginie: avec mes mains, j'ai ramassé les charbons rouges et je les ai lancés aussi sur le toit en bardeaux de cèdre, et ensuite, j'ai ramassé la braise à pleines mains, comme une poignée de fraises des champs, et je suis allé les jeter par la fenêtre ouverte dans la chapelle, et le toit a commencé à fumer aussitôt. Virginie, quand les hommes sont revenus sur moé, j'avais les mains en feu, mais je pouvais crier ton nom, Virginie, et je sais que tu m'as entendu, parce que toé aussi, Virginie, tu es en vie. Et la vie, Virginie, c'est un beau cadeau du bon Dieu. Toé et moé, Virginie, on doit pas refuser un cadeau du bon Dieu.

— Vous admettez donc que vous avez allumé l'incendie qui a détruit le monastère de la communauté des révérends moines de la Grande Trappe. Votre aveu vous honore, mais ne vous disculpe pas.

C'est le juge. Il s'applique à ne pas bailler.

* * * * *

Au dehors, les feuilles ont rougi dans les érables, puis le givre a commencé de brûler l'herbe des champs. La neige est apparue en novembre. Décembre a ramené les tempêtes, les glaçons accrochés aux toits et l'espérance du printemps qui semble toujours plus lointain: ce printemps qui libérera le fleuve de ses glaces et redonnera la vie à tout ce qui est mort sur la terre. En prison, c'est toujours la même saison. Les jours commencent et se terminent, l'un après l'autre, toujours semblables. À la chapelle, le prêtre annonce que c'est la Toussaint, ou bien Noël, ou bien la Chandeleur, ou bien le Carême. Et après la messe, le jour se continue comme hier, comme il y a beaucoup de mois, comme la semaine prochaine. Virginie sent, sur sa nuque, que Victor ne cesse de la regarder pendant l'office. Le règlement interdit qu'ils se parlent. A la confesse Virginie a avoué qu'elle avait voulu tuer son mari parce qu'elle avait trop de chagrin d'avoir perdu son enfant. Le prêtre lui a demandé si elle avait un ferme regret; elle a répondu qu'elle ne pouvait pas regretter ce qu'elle n'avait pas fait, que ce n'était pas elle qui avait préparé le poison, que c'était une autre âme que la sienne qui avait voulu commettre le crime et qu'elle ne pourrait pas tuer. Le prêtre a demandé: ''Comment cela est-il arrivé?'' Elle a répondu qu'elle ne savait pas, mais que, dans la forêt, des choses arrivent qu'il est bien difficile de comprendre. Le prêtre a dit qu'il ne comprenait pas. Elle a répliqué que le bon Dieu, Lui, devait comprendre puisque c'est Lui qui distribue à qui

Il veut les bonheurs et les malheurs. Le prêtre a ajouté qu'il prierait pour elle, pour son enfant et pour son mari, et qu'il ne les oublierait pas. Alors, elle a eu peur, car les prêtres ne pensent qu'à punir le péché. La punition pour elle, ce ne peut être que l'échafaud, la corde. Le juge le lui a dit: tuer ou vouloir tuer ou avoir l'intention de tuer ou essayer de tuer, cela appartient à la définition d'un même crime. Son ventre est très gros. Une femme est venue, lui a demandé de relever sa jupe, et ses grosses mains rudes ont tâté son ventre: "C'est un enfant qui a envie de sortir de là; il va pas s'éterniser". Puis, les jours ont recommencé de se ressembler. La messe, le dimanche. Le regard échangé avec son homme. Il ne porte plus les pansements à ses mains. Quand il l'aperçoit, il la regarde, puis il baisse la tête. Elle a remarqué qu'il fait le même geste lorsqu'il passe devant le tabernacle. Cet homme l'aime. Comme il aime le bon Dieu. Et elle a voulu le tuer. Elle éclate en pleurs. Elle pleure toute la journée. L'enfant bouge dans son ventre comme s'il avait déjà l'envie de courir dans des champs. Elle pleure toute la nuit. Elle n'a pas mangé de la journée. Elle s'endort, elle rêve qu'elle pleure, et quand elle se réveille, elle a le visage mouillé de larmes. Cet homme l'aime. La grosse femme aux mains rouges revient; elle tâte rudement le ventre: "Ce petit-là, il est comme son père, capable de défoncer un mur." Son homme a-t-il voulu s'enfuir de la prison? "Ton homme veut te voir; c'est pas la première porte qu'il défonce pour venir te voir." Elle pleure. Mais elle sent aussi un sourire effleurer sa bouche. "Sur ma foi du bon Dieu, je comprendrai jamais pourquoi t'as écouté le diable quand t'as préparé du poison pour cet homme-là. Y a des femmes qui aiment pas être aimées." Quelques jours plus tard, elle crie et on vient aussitôt la chercher dans sa cellule. La grosse femme aux mains calleuses l'attend dans une chambre qui sent les médicaments et l'odeur du bois qui brûle. On a préparé pour elle un lit. Les draps ont été repassés. Elle pleure encore. Elle n'essaie pas de s'arrêter. Son ventre veut s'ouvrir. Il lui semble que l'enfant crie dans son ventre. Comme son homme criait son nom dans la forêt. L'enfant veut sortir. Son ventre se déchire. Son ventre brûle comme s'il était rempli de charbons ardents. Elle crie de souffrance. On lui ordonne de pousser. Tout son corps pousse pour jeter dans la vie cet enfant, qu'il contient comme une amande. Elle pousse. Son ventre est lacéré de déchirures. L'enfant est retenu dans une prison. Elle pousse. Elle pousse comme l'homme qui a enfoncé la porte de sa cellule pour aller la voir. Elle se jette de toute sa force, de toute sa vie, de toute sa douleur contre ce qui empêche son enfant de naître. La chair se déchire. Elle a si mal. Elle geint. Elle crie le nom de son homme. Elle pleure. Les charbons ardents sont maintenant répandus sur tout son corps. Douleurs. On la supplie de pousser plus fort. Des outils brillants, des pinces, des couteaux, des ciseaux déposés près de son lit. Elle pousse. L'enfant semble pris dans une corde se serrant sur son cou. Elle pleure. On la secoue. Pourquoi ne la laisse-t-on pas dormir? Il y a si longtemps qu'elle n'a pas dormi. Après ces cauchemars, n'a-t-elle pas le droit de garder les yeux fermés sur son sommeil? Un enfant pleure au loin.

— Elle revient!

Elle ouvre les yeux. Elle voit la grosse femme aux mains rugueuses. Elle tient un enfant emmaillotté. C'est lui qui pleure. La grosse femme se penche vers elle et dépose l'enfant tout contre elle: autrefois aussi, on lui a présenté un enfant de cette manière. Est-elle heureuse? Est-elle triste? À travers ses larmes, elle essaie de considérer l'enfant. Trop de larmes voilent son regard. Près d'elle, l'enfant s'apaise; il ne bouge plus comme dans son ventre. Elle a davantage de bonheur que de tristesse. Elle sent un nouveau sourire sur ses lèvres, mais elle ne peut retenir ses larmes.

— Monsieur, cet enfant est le vôtre, vous pouvez vous approcher et le regarder, vous pouvez lui toucher: il est à vous.

Elle reconnaît cette voix. C'est celle du juge. Mais cette voix, aujourd'hui, ne menace plus.

— Mes enfants...

Elle tourne la tête. Le juge, au pied de son lit, se tient les bras croisés sur sa poitrine, à côté du prêtre, qui, aussi, croise ses bras:

— Mes enfants, le bon Dieu vous a fait don, aujourd'hui, du plus grand bonheur que peuvent connaître un homme et une femme: celui d'être père et mère. Le bon Dieu, dans Sa sagesse, a voulu éprouver deux enfants sur le chemin du devoir et de la fidélité. Aujourd'hui, vous donnant cet enfant, Il vous indique qu'Il vous pardonne vos fautes commises dans l'égarement que connaît souvent la jeunesse. Me trompé-je, monsieur le juge?

Le juge secoue la tête.

— En conséquence, dit le juge, s'appuyant sur le signe que le bon Dieu nous envoie aujourd'hui, m'appuyant aussi sur la sagesse de la loi de Sa Bonne Majesté britannique, je vous déclare libres.

Elle ne comprend pas le sens de ces fioritures. Elle n'avait pas compris non plus lorsqu'il l'avait condamnée.

— Monsieur Votre Honneur le juge, ça veut-il dire que Virginie ma femme et moé avec l'enfant, on peut retourner chez nous, monsieur le juge, sur notre terre, dans notre cabane que je vas être obligé d'agrandir?

— Oui, monsieur, Sa Majesté croit que votre enfant n'a rien fait pour mériter la prison.

Il rit. La méchanceté qui marquait son visage est revenue dans son rire. Virginie l'a saisie. Elle pleure comme si on lui avait annoncé une mauvaise nouvelle. Son homme n'ose s'approcher, mais il ouvre ses bras maladroits:

— Pleure, Virginie, pleure. Moé, j'voudrais pouvoir pleurer comme toé, comme une rivière pleine de tristesse et de joie. Mais moé, j'peux pas pleurer parce que j'peux pas croire ce qui nous est arrivé. On est ressuscités, Virginie, comme notre bon Seigneur Jésus-Christ: on est ressuscités!

Il faut se dépêcher. Il faut pas laisser remonter les fardoches et les mauvaises herbes. Dépêche-toé, Virginie, il faut partir vers nos terres! Que j'aimerais ça, Virginie, partir vers notre nouveau monde avec toé et puis l'enfant, sur un grand bateau à voiles!

* * * * *

AUTRES CHRONIQUES, RÉCITS, DOCUMENTS ET BIOGRAPHIES PARUS AUX ÉDITIONS INTERNATIONALES ALAIN STANKÉ

Naufragés des Bermudes

Luc Granger
Ronald Libitsky
Gilles Rondeau
Jean-Claude Roy
Renée Sabourin
Michel Sabourin

Nous ne vivons plus dans les igloos
Otages — Claude Poirier
La petite histoire du crime au Québec — Hélène-Andrée Bizier
Le Père de la Gestalt Thérapie — Martin Sheffard
Pierre Elliott Trudeau —
Quand tu le voudras — Derek Humphrey
Le stress de ma vie — Hans Selye
Un homme pleure — Jean McConnell
Une leçon — Johanne Harelle
La vie intime des Québécois — Simone Piuze
Vivre plus d'un siècle — Grace Halsele

AUTRES LIVRES POUR ENFANTS PARUS AUX ÉDITIONS INTERNATIONALES ALAIN STANKÉ

Courte-Queue (conte) — Gabrielle Roy
Les voyageurs de l'arc-en-ciel (conte) — Roch Carrier

AUTRES OUVRAGES DE LITTÉRATURE, ROMANS, CONTES ET NOUVELLES PARUS AUX ÉDITIONS INTERNATIONALES ALAIN STANKÉ

Amityville, la maison du diable	Jay Anson
Au pays de Pépé Moustache	Jean Pelletier
La céleste bicyclette	Roch Carrier
Ces enfants de ma vie	Gabrielle Roy
Chroniques de l'oeil de boeuf	Georges Touchard-Lafosse
Le déserteur	Claude-Henri Grignon
Drôle de dames	Yvan Goff
	Ben Roberts
Les enfants du bonhomme dans la lune	Roch Carrier
La femme bionique	Eileen Lottman
Les fleurs vivent-elles ailleurs que sur la terre?	Roch Carrier
Il n'y a pas de pays sans grand-père	Roch Carrier
Jamais je ne t'ai promis un jardin de roses	Hannah Green
J'avais des ailes, mais je n'étais pas un ange	Frank W. Abagnale
Laura — À la découverte de la petite maison dans la prairie	Donald Zochert
Lettres inspirées par le démon	Jean Bourget
Leur promesse	Danielle Steel
Manuscrit	Marcel Godin
Moi, Petrouchka	Robert Choquette
Les nuits de l'Underground	Marie-Claire Blais
Les oeufs limpides	Marc Favreau
L'ombre et le double	Yvon Rivard
La pension Leblanc	Robert Choquette
Pentimento — Julia	Lillian Hellman
Les plus belles légendes acadiennes	Catherine Jolicoeur
Le printemps de l'automne	Céline D'Albrisque
La quête de l'ourse	Yves Thériault
Revoir Ethel	Claude Jasmin
Rien détonnant avec Sol	Marc Favreau
Solitude	Huguette Hirsig
Le sourd dans la ville	Marie-Claire Blais
La troisième chance	Stanley Mann
Une femme qui avait changé	Pearl Buck
Une saison dans la vie d'Emmanuel	Marie-Claire Blais

Achevé d'imprimer
en septembre mil neuf cent quatre-vingt-un
sur les presses de l'Imprimerie Gagné Ltée
Louiseville - Montréal.
Imprimé au Canada